中国俗文化丛书

中国俗文化丛书

丛书主编 高占祥

张士闪 著

# 竞智斗趣话灯谜

山东教育出版社
·济南·

图书在版编目（CIP）数据

竞智斗趣话灯谜 / 张士闪著 . — 济南：山东教育出版社，2017.2（2024.3重印）
（中国俗文化丛书 / 高占祥主编）
ISBN 978-7-5328-9310-2

Ⅰ. ①竞…　Ⅱ. ①张…　Ⅲ. ①灯谜 - 基本知识 - 中国 Ⅳ. ①I207.7

中国版本图书馆CIP数据核字（2016）第052121号

ZHONGGUO SUWENHUA CONGSHU
JINGZHI DOUQU HUA DENGMI

中国俗文化丛书　　高占祥　主编
竞智斗趣话灯谜　　张士闪　著

主管单位：山东出版传媒股份有限公司
出版发行：山东教育出版社
地址：济南市市中区二环南路2066号4区1号　邮编：250003
电话：（0531）82092660　网址：www.sjs.com.cn
印　刷：山东华立印务有限公司
版　次：2017年2月第1版
印　次：2024年3月第2次印刷
开　本：787毫米×1092毫米　1/32
印　张：6.875
字　数：100千
定　价：49.80元

（如印装质量有问题，请与印刷厂联系调换）印厂电话：0531-76216033

# 序

在中华民族光辉而悠久的历史传统文化中，俗文化占有十分重要的地位。它不仅是雅文化不可缺少的伴侣，而且具有自身独立的社会价值。它在中华民族的发展历程中，与雅文化一起描绘着中华民族的形象，铸造着中华民族的灵魂。而在其表现形态上，俗文化则更显露出新鲜、明朗、生动、活跃的气质。它像一面镜子，折射出一个民族、一个地区的风土人情和生活百态。从这个角度看，进一步挖掘、整理和发扬俗文化是文化建设的一项战略任务。

俗文化，俗而不厌，雅美而宜人。不论是具体可感的器物，还是抽象的礼俗，读者都可以从中看出，千百年来，我们的祖先是在怎样的匠心独运中创造出如此灿烂的文化。我们好像触到了他们纯正的品格，听到了他们润物的声情，看到了他们精湛的技艺。他们那巧夺天工的种种创造，对今人是一种启迪；他们那健康而奇妙的审美追求，对后人是一种熏陶。我们不但可从这辉煌的民族文化中窥见自己的过去，而且可以从中展望美好的明天。

俗文化，无处不在，丰富而多彩。中华民族，历史悠久，地大物博，人口众多，在长期的生活积淀中，许多行为，众多器物，约定俗成，精益求精。追根溯源，形成系列，构成体系，展示出丰厚的文化氛围。如饮食、礼俗、游艺、婚丧、服饰、教育、艺术、房舍、变迁、风情、驯化、意趣、收藏、养生、烹饪、交往、生育、家谱、陵墓、家具、陈设、食具、石艺、玉器、印玺、鱼艺、鸟艺、鸣虫、镜子、扇子等等，都是俗文化涉及的范围。诚然，在诸多领域里，雅俗难辨，常常是你中有我，我中有你，彼此交叉，共融一体；有的则是先俗而后雅。

俗文化，古而不老，历久而弥新。它在人们的身边，在人们的生活中，无时无刻不影响人们的思想、观念和情趣。总结俗文化，剔除其糟粕，吸收其精华，对发扬民族精神，增强民族自信心，提高和丰富人民生活，都具有不可忽视的意义。世界文化是由五彩斑斓的民族文化汇成的，从这个意义上讲，愈是民族的，就愈是世界的。因此，我们总结自己的民俗文化，正是沟通世界文化的桥梁。这是发展的要求，时代的召唤。

这便是我们编纂出版这套《中国俗文化丛书》的宗旨。

目
录

# 小　引

一灯如豆挂门旁，草野能随艺苑忙。

欲问还疑终缱绻，有何名利费思量。

这是清人顾震涛的《打灯谜》诗。灯谜，也叫“灯虎”，谜语的一种，贴谜面于花灯之上，供人猜射，故名。谜语是一种智力游戏，它把自己的真实面目隐藏起来，仅露蛛丝马迹，让人们搜索枯肠去猜，一语破的，快何如之！灯谜除具备谜语的这个特性外，还具有喜庆气氛。每逢灯节，灯火通明，游人如织；花灯之上，条条灯谜，引人竞猜；一人猜中，众声赞叹……灯谜作为人们喜闻乐见的娱乐活动，还被赋予一些“题外”内容：道德教化、政治宣传、情绪宣泄等等。

小小花灯上的那几行蝇头小楷，蕴意丰富。也正是因为如此，灯谜才有旺盛的生命力，经久不衰。

猜灯谜难，研究灯谜更难。梁任公有言：旧史皆详于政事而略于文化。灯谜属于俗文化，文献记载更少，“正史”绝少见，稗官野史间或涉及，也往往语焉不详。巧妇难为无米之炊，材料的匮乏使“灯谜学”难以深入。过去的研究，往往局限于“灯谜集萃”之类，很少从文化学的角度来审视。

有鉴于此，笔者编写了这本小册子，以拾遗补阙。然笔者学识浅陋，谬成此篇，缺憾与不足在所难免，敬请读者诸君教正。

# 一、从谶谣到谜语

## （一）三代谶谣

在生产力极为低下的原始社会，置身于原始荒野，先民们的眼前心中，该有多少扑朔迷离的谜团难以破解。春夏秋冬的变化，日月星辰的运行，白昼与黑夜的交替，火山的爆发，海水的涨落，万物的生长……面对这谜一样的世界，他们无从知悉究竟，也不知该如何应付，更难猜想出明天等待他们的又是什么。在无所适从的困境中，他们开始相信“万物有灵”，祈祷神灵庇佑，这也是他们在无奈中唯一所能牢牢抓紧的“法宝”了。

今天看来，远古时代的一些模拟性舞蹈与后世的哑谜有不少相通之处。比如，某一氏族成员偶然兴起，跳起模拟黑熊或是野牛的舞蹈。同伴见了，很快就明白了舞者的寓意，不知不觉中情绪受到感染，也加入舞蹈的行列，以自己自由创造的舞姿，表达对同伴舞蹈的理解与共鸣。这多少有点像后世谜家为同一谜底编制不同谜面的行为。只是，原始人在操作这一“哑谜”行为时，他们虔诚地相信这将有利于他们下一步的狩猎活动。人类早期的“谜语”活动必然是与他们的万物有灵观念及其相应的巫术行为融会在一起的。

然而神灵毕竟过于神秘，不能显现原身，晓谕神示，随着社会的发展，便需要有巫觋一类神职人员来解释传达神的意愿。在漫长的岁月里，神的代言者们养成了故弄玄虚的喜好，总是用一种晦涩难懂的语言来阐释“天意”、“神示”，任凭人们随心所欲地猜想，乃至穷搜冥索，所谓“天机不可泄漏”。所有巫卜之书，包括最古老的甲骨文字，还有《周易》、《焦氏易林》、《火珠林》等，以及流行于各朝各代的谶语谶谣，各处庙宇摆放的签语卦辞，都可以看作是这种原始野性思维的积淀、延续或变相发展。人们正是在这种由自己创造的人神关系中，生发出制谜、解谜的兴趣，并进而积久成习。

狭义的谜语概念则是指流行于世界各地民众生活中一种

即兴出谜猜谜的游戏形式。《简明不列颠百科全书》对“谜语”词条作了这样的界定：

> 一种故意暧昧或含糊的问题，要求给予深思熟虑、常常是诙谐的回答。

我国上古时期流传下来的一些民间谶谣当属此类。这些歌咒类话语，在当时是被人们当作事实的预演、注定要在以后应验的，故名之为谶。它们一般又有着较强的音乐节奏感，虽无固定曲调，却可哼可吟可诵可歌，特别易于流传，故称之曰谣。如《弹歌》，全谣只有短短8字：

> 断竹，续竹，飞土，逐宍（同“肉”）。

这首谶谣最早见于东汉赵晔所著的《吴越春秋》，据说是黄帝时代的，说的是远古孝子为保护父亲的尸首免遭禽兽攫食而发明弹弓一事。“孝父”的意思当然是被后人所追加上的。这首活泼有趣的谶谣，是现在我们所能见到的最早的一则上古“谜语”。大意是：竹子劈正中，屈弯连成弓，弹出小泥丸，野兽全打中。不过寥寥数语，便描绘出这类狩猎活动的整个过程，内中隐射出“弹丸”的意思。语言精粹、直率，句式整齐、有韵，正是我国上古谶谣的真实风貌。当然，那时人们还真诚地相信，反复地吟诵这类谣辞，定将使下次狩猎活动格外顺利。

古代谜语的真正源头也只能是这种民间的日常生活，谶谣是其最初形态。在我国相当长的一段历史时期内，谶谣曾大行其道，成为一道独特的文化景观。夏朝的最后一位统治者夏桀曾以日自喻，称他占有天下，如同天上有太阳照耀万物一样，太阳消亡了，他才会垮台。这具有一定的自我神化色彩。百姓们以此巧制谶谣说：

时日曷丧？予与汝偕亡！

以之诅咒一代暴君速速败亡，哪怕与之同归于尽。无论是夏桀的以日自喻，还是百姓的以日喻君，都带有相当强的迷信色彩。在当时人们的心目中，反复念叨这些话语将会产生实际效用。

作为上古时期一种全民性的语言现象或文化活动，谶谣显然呈现出某种强烈的“设想”功利性。但随着时间的推移，其中交流情感、游戏认知的成分也日益滋长。劳余饭后，闲暇无事，便是人们制猜谶谣的佳妙时机。眼前身后，人情物事，自然也就成为人们俯拾即是的制作材料。或用来预祝劳动顺利，或借以抒发生活情趣。而后世的巫师、方士们则往往多是别有用心地挟谶自重，故意编造一些含意模棱两可的话语，让人们用后来发生的事情去附会，有时甚至是在事后补编出来冒充预言。这便是上古谶谣之变相发展了。而直接沿承谶谣之“谜语精神”的，则是春秋战国以后在社会上广为流行的“廋词”、“隐语”。此后，谶谣在中国历史上也还依旧存在。

## （二）东周隐语

司马迁在《史记·楚世家》中，记载了春秋时期楚国大臣以隐语劝谏君上的一则故事：

> 庄王即位三年，不出号令，日夜为乐，令国中曰：“有敢谏者死无赦。”伍举入谏……曰：“愿有进隐。有鸟在于阜，三年不蜚（通“飞”）不鸣，是何鸟也?”庄王曰：“三年不蜚，蜚将冲天；三年不鸣，鸣将惊人。（伍）举退矣，吾知之矣!”

随后楚庄王果然一改前行，振肃纲纪，选贤用能，麾军进击，诸侯震恐，楚国遂由危在旦夕的积弱之邦赫然而为凛凛强国，他本人也成为一代霸主。一则隐语居然成为一国命运发生重大转折的契机，遂众口相传留下一段千古佳话。这也是“不鸣则已，一鸣惊人”这个成语的由来。

这个故事在当时就已流传很广，乃至衍生出许多不同“版本”。如司马迁在《史记·滑稽列传》中记载的淳于髡以大鸟谏齐威王，秦相吕不韦主编的《吕氏春秋·重言》中是成公贾谏楚庄王，韩非的《韩非子·喻老》中进隐者只说是“右司马”而不见名姓，刘向《新序·杂事二》则又记为大夫“士庆”等等。用这样一则含意显敞的隐语去刺挠一盛气凌人、喜怒无常之君，必然要冒很大风险，劝谏者可谓大智大勇。大约人们都希望这位传奇式英雄出自本乡本土，关于故事的主人公、发生地点才会出现如此众说纷纭的情形。而在春秋时期，大臣以隐语劝谏君上之举几成风习，故事发生在哪里也都是可信的。

显然，随着生产力水平的提高和科学技术的发展，人们日渐认识到自然界的物质性和巫术迷信之虚妄，神灵世界的根基发生了动摇，隐语也开始脱出巫术迷信的窠臼，而转向现实社会，特别是与时局关系密切的政治。隐语，以睿智巧妙的隐喻、假借、暗示，常能起到他种语言形式所不能比拟的作用。它既可用于向君王进谏，又可用于同僚斗智，还可用在外交场合中说服、警示、告诫对方。如《国语·晋语》中记述：“有秦客廋词于朝，大夫莫之对也。”发生在公元前

592年至公元前589年之间的这段史实，说明当时国与国之间在外交场合，已经采用廋词、隐语作为外交辞令，借以折服对方。隐语、廋词其实是一回事，出“谜”的人把真意隐起，仅露蛛丝马迹，让对方冥思苦想，所以既叫“隐”，又叫“廋”（sōu通“搜”）。宋朝文人周密的说法是可信的：“古之所谓廋词，即今之隐言也，而俗谓之谜。”①

到了战国时期，以隐语谏君的事例就更多了，甚至就连稚气未脱的孩童也会隐语。楚国顷襄王当政时，年仅12岁的少女庄侄潜伏于楚王出游的必经之途，手举白旗拦阻王车以进谏。她从容不迫地向楚王说出隐语数句：

大鱼失水，有龙无尾，墙欲内崩，而王不视。

楚王不解，于是庄侄解释说：“大鱼失水”是指君王远离国都500里，在外只顾眼前享乐而不知祸患将起；“有龙无尾”是说君王年过40，可还没有太子，国家没有强有力的辅弼力量，必将衰亡；所谓“墙欲内崩，而王不视”，是说国家将要出现祸乱，可是君王却视而不见，不知改悔。这样下去，离国破家亡的日子也就不远了。顷襄王听罢深感有理，表示将认真

① 宋·周密：《齐东野语》。

接受她的意见，并通令国内予以表彰。①

哑谜性的隐语也出现了。刘向《新序·杂事二》记载了一则齐国才女无盐向齐宣王进谏的故事，她以“扬目、衔齿、举手、拊肘”四个动作向齐王打哑谜。《东周列国志》中对此作了进一步的解释：“扬目者，代王视烽火之变；衔齿者，代王惩拒谏之口；举手者，代王挥谗佞之臣；拊肘者，代王拆游宴之台。”实际上，她是以哑谜隐示齐国面临着四大危险：外有强仇，内有奸伪，贤匿佞行，宴游无度。她所列举数条均切中时弊，令齐宣王心悦诚服。最后，齐王带着这位有名的丑女回宫，并册立为妃，凡事都与她磋商。

春秋战国时期，隐语、廋词除了在公开场合涉及军国大事时被广泛使用外，人们在日常生活中也多有所用，这该算是一种“私隐”。最著名的当属“麦曲河鱼”、“呼庚呼癸”两则故事。

“麦曲河鱼”指的是春秋时楚国大夫申叔展与萧国大夫还（xuán 旋）无社以隐语商谈之事。事见《左传·宣公十二年》：

冬，楚子伐萧……还无社与司马卯言，号申叔展。

---

①《列女传·楚处庄侄》。

> 叔展曰："有麦曲乎？"曰："无。""有山鞠穷乎？"曰："无。""河鱼腹疾奈何？"曰："目于眢（yuān 渊）井而拯之。""若为茅绖，哭井则已。"明日，萧溃。申叔视其井，则茅绖存焉，号而出之。

原来，司马卯、申叔展都是楚国的大夫，素与萧国大夫还无社熟识。还无社在大难临头之机，托司马卯叫来足智多谋的申叔展，以求救身之策。申叔展既要遵守军纪，对敌对之国的朋友就不能直言救援之法；朋友遭难相求，不救不义，便只好采取以隐语暗示保命良策。他先列举麦曲（酒母，可用以酿酒）、山鞠穷（即野芎䓖）这些御湿之物，暗示还无社逃于泥水中可以避难（救湿）。还无社仍不明白，申叔展又以腹泻（河鱼腹疾）再次暗示应逃于低下湿润之处。至此还无社方得明白，回答说申叔展见到枯井可救他。为谨慎起见，申叔展还建议还无社用茅草结成带状在井边作标记，申叔展见到标记就放声号哭，还无社再应声呼救。结果在第二天，萧国全线崩溃，申叔展按照隐语所约，救护了朋友性命。

"呼庚呼癸"的故事也发生在春秋时期，是指吴国大夫申叔仪以隐语向鲁国大夫公孙有山乞借军粮一事。读来有趣，也不那么晦涩难懂。

> 吴申叔仪乞粮于公孙有山氏，曰：“佩玉橤兮，余无所系之；旨酒一盛兮，余与褐之父睨之。”对曰：“粱（精细小米）则无矣，粗（粗粮）则有之。若登首山以呼曰‘庚癸乎’，则诺。”①

须知当时军中是严禁出借粮食的，两个跨国朋友却“人情大于国法”，通过隐语巧妙地达成借粮协议。公孙有山在灵机一动中即兴选定的“暗语”也颇有讲究：在古代阴阳五行体系中，庚对应西方，主谷；癸对应北方，主水；庚、癸在天干顺序中位次靠后，一般指代次等或最下等的东西，用来借指粗粮自然再合适不过。两人正处于“春秋无义战”的社会背景下，良臣择主而事，朝秦不免暮楚，上述惊人之举当是可以理解的。隐语在这里起到了遮人耳目的作用，朋友之间可借以在公开场合暗通信息，做秘密交易。

在民间传说中，孔子师徒游历列国，曾有过多次猜射隐语的经历。唐代佚名人士所编著的《琱玉集》中记载了这样一则传说：

> 路妇，不知何处人也，孔子游行见之，头戴象牙栉，

---

①《左传·哀公十三年》。

谓诸弟子曰："谁能得之?"颜渊曰："回能得之。"即往至妇人前，跪而曰："吾有徘徊之山，百草生其上，有枝而无叶，万兽集其里，有饮而无食，故从夫人借罗网而捕之。"妇人即取栉与之。颜渊曰："夫人不问由委，乃取栉与回，何也?"妇人答曰："徘徊之山者，是君头也。百草生其上，有枝而无叶者，是君发也。万兽集其里者，是君虱也。借网捕之者，是吾栉也。以故取栉与君，何怪之有!"颜渊嘿然而退。

孔子闻之曰："妇人之智尚尔，况于学士者乎!"

原书中将这则故事标作"古传"，具有一定可信性。一个普通的乡间妇女竟如此善于猜解隐语，足见当时隐语活动在民间之风行。

隐语虽说是开创了我国谜语之先河，但还不具备谜语的特征。不过，当隐语发展到战国末叶时，已开始向谜语演化。荀子的《蚕赋》用比喻、拟人、暗示、摹状等表现手法咏蚕。刘勰认为，它已露出隐语向谜语转化的端倪，"荀卿《蚕赋》，已兆其体"。①《蚕赋》通篇以隐语写就，读之谜味十足：

① 刘勰：《文心雕龙·谐隐》。

有物于此，蠃蠃兮其状，屡化如神，功被天下，为万世文……冬伏而夏游，食桑而吐丝，前乱而后治，夏生而恶暑，喜湿而恶雨。蛹以为母，蛾以为父，三俯三起，事乃大已。

赋中隐去“蚕”字而不露，但就蚕的形状、习性、繁衍、功能却左拨右点，反复吟咏，遁词以隐意，谲譬以指事，实际上确已具备了谜语的主要特征。所以，如将《蚕赋》视为中国谜语的始祖亦不为过。

## （三）两汉射覆

到了汉代，出现了一种与隐语密切相关的游戏叫“射覆”，盛行于宫廷内外。所谓射覆，就是把东西覆于器皿之下让人猜。射覆本身与隐语或谜语并没有什么联系，但在猜出物品后，念一段射覆词，则像是以器下之物为谜底，再编制一段隐语充作谜面一般。以此论之，射覆应当是隐语向谜语演化的一种过渡形式。汉代射覆词的语言形式多是典型的民间歌谣风格，显然受到了当时民间谶谣、隐语的有力影响。至今人们仍把“射覆”作为猜谜的别称。《汉书·东方朔传》中说一代射覆大师东方朔“喜为庸人诵说，故令后世多传闻者……朔之诙谐，逢占射覆，其事浮浅，行于众庶，童儿竖牧莫不炫耀”。可见谜语活动在当时有着极为雄厚的群众基础，受到了各年龄段、各行各业人们的由衷喜爱。东方朔“多所博观外家之语”，[①] 喜欢与下层民众交流射隐技艺，从中汲取营养。可以说，正是民间隐语活动的兴盛造就出了一代谐隐名家东方朔，而东方朔又使这一民间奇葩在上层社会中放出了奇光异彩，乃至成为一种时尚。

在古代史书和众多民间传说故事中，东方朔与宫廷优人郭舍人似乎永远是一对天敌。为取悦汉武帝，二人无休无止地斗智比巧，失败的命运总是不可避免地落到郭舍人的头上。而郭舍人又总是不服，于是寻机再挑起新一轮较量。

> 上（汉武帝）尝使诸数家射覆，置守宫盂下，射之，皆不能中。朔自赞曰：“臣尝受《易》，请射之。”乃别著布卦而对曰：“臣以为龙又无角，谓之为蛇又有足；跂跂脉脉善缘壁，是非守宫即蜥蜴。”上曰：“善。”赐帛十匹。复使射他物，连中，辄赐帛。
>
> 时有幸倡郭舍人，滑稽不穷，常侍左右，曰：“朔

① 司马迁：《史记·滑稽列传》。

狂，幸中耳，非至数也。臣愿令朔复射，朔中之，臣榜百，不能中，臣赐帛。”乃覆树上寄生，令朔射之。朔曰：“是寠数也。”舍人曰：“果知朔不能中也。”朔曰：“生肉为脍，干肉为脯，著树为寄生，盆下为寠数。”上令倡监榜舍人，舍人不胜痛，呼謈。朔笑之曰：“咄！口无毛，声謷謷，尻益高。”舍人恚曰：“朔擅诋欺天子从官，当弃市。”上问朔：“何故诋之？”对曰：“臣非敢诋之，乃与为隐耳。”上曰：“隐云何？”朔曰：“夫口无毛者，狗窦也；声謷謷者，乌哺谷也；尻益高者，鹤俯啄也。”舍人不服，因曰：“臣愿复问朔隐语，不知，亦当榜。”即妄为谐语曰：“令壶龃，老柏涂，伊优亚，狋吽牙。何谓也？”朔曰：“令者，命也。壶者，所以盛也。龃者，齿不正也。老者，人所敬也。柏者，鬼之廷也。涂者，渐洳径也。伊优亚者，辞未定也。狋吽牙者，二犬争也。”舍人所问，朔应声辄对，变诈锋出，莫能穷者，左右大惊。上以朔为常侍郎，遂得爱幸。①

汉武帝尝以隐语召东方朔。时上林献枣，帝以杖击

① 班固：《汉书·东方朔传》。

未央前殿槛曰："叱叱，先生束束。"朔至曰："上林献枣四十九枚乎?"朔见上以杖击槛两木，两木林也，束束枣（古体为"棗"）也，叱叱四十九也。

东方朔常与郭舍人于帝前射覆。郭曰："臣愿问朔一事，朔得，臣愿榜百，朔穷，臣当赐帛。"曰："客来东方，歌讴且行。不从门下，逾我垣墙。游戏中庭，上入殿堂，击之拍拍，死者攘攘，格斗而死，主人被创。是何物也?"朔曰："长喙细身，昼匿夜行，嗜肉恶烟，常所拍扪。臣朔愚戆，名之曰蚊。"舍人词穷，当复脱裈（音"昆"，有裆的裤子。）。①

班固在《汉书·东方朔传》的尾处附了一个"赞曰"："刘向言少时数问长老贤人通于事及朔事者，皆曰……后世好事者，因取奇言怪语，附着之朔。朔盖一代隐语之中心人物也。"由此可知，围绕东方朔所发生的许多隐语故事，实际上正是汉代隐语整体风貌的一个缩影。

从中也可以看出，隐语发展到汉代，开始向两个方向转化。一方面，以特征描写为主的事物谜日渐流行，如东方朔

① 宋·李昉等：《太平广记》。

所做的蜥蜴谜、蚊子谜等便属此类。另一方面，以拆合文字形义为主的文义谜也已出现，如由汉武帝制谜、东方朔猜中的“上林献枣 49 枚”一谜便是。后者尤其值得注意，可视作后世灯谜之滥觞。文义谜的产生、发展与文字的统一有着密切关系。

秦始皇统一中国后，曾命令丞相李斯、中车府令赵高、太史令胡毋敬等对文字进行整理，“罢其不与秦文合者”，制定出小篆，作为标准文字，通用于公文法令。又根据当时民间流行的字体，整理出更为简便的新书体——隶书，作为日用文字在全国推广。及至汉代，社会更加统一，汉字也逐渐统一了字体。正是随着汉字形体上的逐渐稳定，借文字形体和意义以制谜作隐之事遂自然产生。而在诸侯林立、各国文字自行其是的春秋战国时期，以文义入谜是很难想象的，即便偶或有之，也难以通行于世。

据说刘邦（字季）为打天下，曾编造过这样一则神话：

> 孔子修春秋，制孝经，既成，斋戒，向北辰而拜，告备天下。乃洪郁，起白雾摩地，白虹自上而下，化为黄玉，长三尺，上有刻文。孔子跪受而读之，曰：“宝文

出，刘季握。卯金刀，在轸北。字禾子，天下服。”①“卯金刀”正扣合“刘”（古体为“劉”）字；“禾子”合起来正是一个“季”字。显然，刘邦集团是在利用字谜大造舆论，作为夺取政权、稳固政权的宣传工具。再看前述汉武帝与东方朔制猜“上林献枣”谜的情形，说明这种随意拆用汉字形义制隐作谜的手法，在汉代统治集团中已运用得相当纯熟。

我们对春秋战国以来隐语的发展线索略加考察，就会发现它沿袭至汉代时，已经变得较为精细。这主要表现在，它开始从中国汉字的自身特征出发，用拆离或拼合的方法构成隐语。就这方面意义而言，汉代隐语可以视之为早期“文义谜”的一种粗浅形式。

西汉末年，王莽篡夺权柄，改国号为“大新”，曾铸造“货泉”钱币。“货泉”二字可以拆为“白”、“水”、“真”、“人”四字。一代枭雄刘秀生于南阳白水乡，遂顺水推舟有了“白水真人”的名号，巧制隐语，借以应谶。后来，他自白水祭灵起兵，居然势如破竹，一呼百应，以“神助”邀得人助，最终成就霸业。

---

① 晋·干宝：《搜神记》卷8。

东汉末年，民间流传着一则诅咒当权者董卓的隐语，感情色彩极为强烈。京都一带孩童争相传唱着：

千里草，何青青；十日卜，不得生。

“千里草”，合成一个“董”字，“十日卜”，合成一个“卓”字，合起来就是“董卓不得生”。它以汉字离合之法制成，表达了人们对董卓专权的愤恨之情。

历史随即进入群雄纷起、逐鹿中原的三国时期。这期间，隐语的功能又有新的拓展。它不再仅止于劝谏君王、折服敌国、问难斗智，而更多地表现为日常生活中的适情雅趣。或抒怀遣兴，或戏谑调侃，隐晦以表意，委婉以尽情，均能妙趣横生，别开生面。曹操与杨修是这一时期隐谜活动中的代表人物。

杨德祖为魏武主簿。时作相国门，始构榱桷。魏武自出看，使人题门作“活”字，便去。杨见，即令坏之，既竟，曰：“门中活，‘阔’字。王正嫌门大也。”

人饷魏武一杯酪，魏武啖少许，盖头上题“合”字以示众，众莫能解。次至杨修，修便啖曰：“公教人啖一口也，复何疑。”

魏武尝过曹娥碑下，杨修从。碑背上见题作“黄绢幼妇外孙齑臼”八字。魏武谓修曰：“解不？”答曰：“解。”魏武曰：“卿未可言，待我思之。”行三十里，魏武乃曰：“吾已得。”令修别记所知。修曰：“黄绢，色丝也，于字为绝；幼妇，少女也，于字为妙；外孙，女子也，于字为好；齑臼，受辛也，于字为辤（辞）。所谓‘绝妙好辞’也。”魏武亦记之，与修同，乃叹曰：“吾才不及卿，乃觉三十里。”①

曹操与杨修的一系列关系纠葛，实在是古代谜坛上一幕跌宕起伏的悲喜剧。一为军政首脑，一为亲随谋士，曹操赏识杨修的聪明才智，杨修总能迅速地领会曹丞相的意图。但同为文士，曹操又嫉妒杨修的过人才华，杨修也从不谦让，而且比起曹操总显得更胜一筹。两人是一对难得的谜朋虎友，堪称珠联璧合，你制谜来我猜射，成就一段谜坛佳话，在中国谜史上留下了重重的一笔。然而政坛险恶，杨修以善谜得受器重，最终又因不经意中猜破一则“鸡肋”（哨令）谜，成为曹操杀掉他的借口，真是成也由谜，败也由谜。

公元 222 年左右，吴国大臣薛综在外交场合以谜尊俎折

---

① 刘义庆：《世说新语·捷悟第十一》。

冲。蜀国使臣张奉出使吴国，当着吴主孙权之面嘲戏吴国尚书阚泽姓名，阚泽一时对答不上，出现难堪场面。薛综借下去劝酒的机会对张奉说："蜀者何也？有犬为獨（独），无犬为蜀，横目狗身，虫入其腹。"张奉勉强招架说："你不再说说你的吴国吗？"薛综应声而答："无口为天，有口为吴，君临万邦，天子之都。"应对得非常机敏巧妙，为吴国挽回了面子。① 薛综以拆字离合法构制隐语，手法十分高妙，不仅扣合紧密，更兼诗韵贴切。由此亦可看出，这时的隐语已在向谜诗方向演化了。

## （四）魏晋谜诗

自汉末开始出现离合体谜诗，刘勰以为这跟两汉时期浓厚的隐语风气有关。② 一般认为，这种离合体谜诗是从孔融《郡姓名诗》开始的。孔融以 22 句四言诗，通过离合字形，得出"鲁国孔融文举"6 字。③ 其实，稍前出现的魏伯阳著《参同契》中便曾以 16 句四言诗隐示"魏伯阳歌"4 字，袁康的

---

①《三国志·吴书卷八·薛综传》。

② 刘勰：《文心雕龙·明诗》。

③《孔少府集》。

《越绝书》中也以14句四言诗隐出“会稽人袁康与吴平合写”的意思。惟2诗用语古奥，诗意不畅，为求离合之巧而不免行文艰涩，故鲜为世人所知。相形之下，孔融在《郡姓名诗》一诗中对离合手法的运用就显得较为圆熟，代表了我国四言离合体谜诗的初始风貌。

渔父屈节，水潜匿方。(离“鱼”字)

与时（古为“旹”）进止，出行施（通“弛”）张。(离“日”字，与上合为“鲁”)

吕公矶钓，盍口渭旁。(离“口”字)

九域有圣，无土不王。(离“或”字，与上合为“國”)

好是正直，女回于匩。(离“子”字)

海内有截（汉碑多作“𢧵)，隼逝鹰扬。(离“乚”旁，与上合为“孔”)

六翮将奋，羽仪未彰。(离“鬲”字)

蛇（异体字为“虫也”）龙之蛰，俾也可忘。(离“虫”字，与上合为“融”)

玟璇隐曜，美玉韬光。(离“文”字)

无名无誉（古为譽），放言深藏。(离“舆”字)

按辔安行，谁谓路长？（离“手”字，与上合为“擧”，即“举”）

最后得出“鲁国孔融（字）文举”6字。

随后，这种离合体谜诗在魏晋南北朝时期兴盛一时，对中国谜语的发展起到了重要的促进作用，离合体也最终成为我国传统谜语中的四大体类之一。它从汉字的笔画结构入手，通过对其偏旁部首进行离合增损而得扣谜底，这种方法让人感觉新鲜、奇异。汉字中可供离合重组的字词又异常丰富，取之难尽，故历代都有离合体谜诗出现。

无论怎样，魏晋南北朝都称得上是中国谜史上的重要时期，谜语在这期间有了重大发展。离合谜诗盛行一时，与字谜、物谜一类的隐语交相辉映。著名诗人潘岳、刘骏、谢灵运、谢惠莲、鲍照、萧绎、萧巡等都曾创作过谜诗，并在艺术手法上突破了曹娥碑离合体。当然，其中最为重要的谜家当属鲍照。鲍照，字明远，东海（今江苏涟水县北）人，南北朝时期最杰出的诗人，主要生活于刘宋时期。公元434年左右，有史以来“谜”字第一次出现于鲍照的《字谜三首》中，其中收录了他创制的“井”、“龟”、“土”三则字谜。其中又以“井”字谜最称清丽可喜：

二形一体，四支八头；四八一八，飞泉仰流。

首句意为，谜底“井”字是由一横形、一竖形的两个“二”构成；第二句意为，“井”字又由四个“一”支架而成，且恰好露出八个头；第三句是说，它还由四个“十”凑成，五八正是四十，并有八个头角（即一八）；最后一句意为，井水必须汲引上来才能用，故曰仰流。前三句纯写字形，后一句描绘了吊井水的形象，用了会意手法，整首谜诗扣合得极为紧密。另外的两则字谜也很有意味：

头如刀，尾如钩，中央横广，四角六抽。右面负两刃，左边双属牛。（射字一：龟 古体为“龜”）

乾之一九，只立无偶。坤之二六，宛然双宿。（射字一：土）

这样，向来在乡野村夫、童儿牧竖中间口传实用的“谜”字，如今走上文人案头，堂而皇之地载入书籍典册。这是一个不小的变化，谜语由此吸引了更多人们的注意。

南北朝时期的谜诗已具有相当的游戏娱乐性，但又不是纯粹的文字游戏，大都有寄托情思之意趣。比如南朝陈国的徐陵在其《玉台新咏》中收录了这样一首民间谜诗：

藁砧今何在？山上复有山。何当大刀头，破镜飞上天。

通过会意、增损和谐音把全诗化为，“夫”今何在？“出”。何时“还”？“月半”！整首谜诗扣出“夫出半月当还”的意思，传达出一位妇女的思夫盼夫之情。另如，著名诗人谢灵运曾创制过一则“客”字谜：

放棹遵遥涂，方与情人别。啸歌亦何言，肃尔凌霜节。

这是一首刻画当时人情世态的谜诗，以离合法扣底。把“放”字中的“方”字“别”去，余下“文”字；再把“啸”字中的“肃”字删“节”掉，留下“口”字；最后将二者拼合起来，成一“客”字。① 这些谜诗，尽管从诗的角度看起来尚不够工巧，从谜的角度看来亦稍嫌幼稚，但它赋谜以诗的情感，却甚为难得。

从现存史料中的记载看来，在魏晋南北朝时期文人制谜活动已相当流行，谜诗大量涌现。客观上已有必要对这类语言现象做出统一命名，乃至相应的事象分析。南朝时期齐梁间的文学理论批评家刘勰在其《文心雕龙》中，专设“谐隐”

① 谢灵运：《谢法曹集》。

一章，对谜语进行系统论述，标志着人们对于谜语理论的探索认识有了划时代的建树。

> 自魏代以来，颇非俳优，而君子嘲隐，化为谜语。谜也者，回互其辞，使昏迷也。或体目文字，或图象品物，纤巧以弄思，浅察以衒（现为“炫”）辞。义欲婉而正，辞欲隐而显。①

至此，应运而生的“谜语”一词，替代了以前所使用的“廋词”、“隐语”等词语，在中国传统文化的大观园中“登记注册”，为朝野、雅俗所共同使用。刘勰对谜语的源流演变、性质功能等方面的认识分析，在千百年后的今天看起来仍不失为精辟之论。

谜语文化所以在魏晋南北朝时期如此兴盛，自有其历史之必然性。社会局势的动荡不安，政治斗争的残酷黑暗，门阀士族的垄断统治等客观环境，使士人们参与政治的兴趣日趋淡薄，游戏人生的处世哲学极为流行。社会环境的恶劣，相应刺激了他们在精神审美领域的空前活跃。当时讲究美学趣味的清谈玄议之风，使人们的心灵触角延伸到前所未有的

---

① 刘勰：《文心雕龙》。

广阔领域。以辨形析义、探幽洞微为能事的文义谜，遂在该时期有了兴盛发展的崭新起点，成为“魏晋人物”有意识加以开拓的一片文化沃土。因而，文人谜诗异军突起，谜语雅化成为一股强劲势头。他们细腻的审美趣味，丰富多样的谜诗风格，比较精粹的理论总结，成为后人一份难得的精神财富。同时，这种“雅化”的谜风又反过来影响到下层民间社会的谜语活动。在随后的社会历史进程中，谜语文化在广大民众与文人士大夫之间不断地交流互渗，因而成为他们共同的思维结晶。谜语拥有着最为广泛的社会基础，几乎为所有社会阶层的成员所共享。

隋唐时期，国家统一，社会稳定发展，谜诗极度繁荣。尤其是唐代，谜诗出现了“百花齐放”的局面，种类繁多，内容几乎涉及社会生活的方方面面，政治斗争、宗教事务、日常生活、衙门公案、童蒙启育、文艺创作等领域，皆有佳妙谜诗出现。

用于嘲隐之谜仍占较大比重。武则天女皇主持朝政时，左司郎张元一曾以谜诗的形式讽刺好大喜功而又胆小如鼠的皇亲武懿宗。

寇未入塞，懿宗始逾邠郊，畏懦而遁。懿宗短陋，元一嘲之曰："长弓短度箭，蜀马临高蹁。去贼七百里，隈墙独自战。忽然逢着贼，骑猪向南窜。"则天闻之，初未悟，曰："懿宗无马邪？何故骑猪？"元一解之曰："骑猪者，是夹豕走也。"则天乃大笑。懿宗怒曰："元一夙搆，贵欲辱臣。"则天命赋诗与之。懿宗请赋"苯"字。元一立嘲曰："裹头极草草，掠鬓不苯苯。未见桃花面皮，先作杏子眼孔。"则天大欢，故懿宗不能侵伤。①

大唐臣僚之间以谜谐谑讥嘲的事例可谓比比皆是。如秋官侍郎狄仁杰曾以另一秋官侍郎卢（繁体作"盧"）献的姓氏作谜嘲之："足下配马乃作驴（繁体作"驢"）。"卢献毫不示弱应声回击："刀劈明公，乃成二犬。"狄仁杰反驳说："我的狄字是犬边加个火。"卢献答："犬旁有火，那还是只煮熟的狗。"② 唐人朱揆在《谐噱录》中录有民间流传的一则物谜，很有些"刺儿梨"的味道：

> 一跳八尺，再跳丈六。从春到夏，裸袒相逐。无地取作，掉尾肃肃。

谜底是蛤蟆。品其谜意，显然另有讥嘲。

---

① 唐·孟棨：《本事诗》。
② 唐：张鷟：《朝野金载》卷 6。

谶谣发展到唐代，便是典型的文人谜诗风味了。公元 684 年，武则天临朝称帝，改国号为大周。柳州司马徐敬业拥戴庐陵王起兵，想拉拢朝中的中书令裴炎一块儿反周。一代才子骆宾王为之筹划，他脚踏墙边静思顷刻，创编出一则谶谣："一片火，两片火，绯衣小儿当殿坐。"教孩童们在京都一带与裴炎庄前传唱，终于将他"逼上梁山"。后来，裴炎在得到徐敬业的密信后，立即写了一封复信，由于考虑不周，此信落入武则天手中。但奇怪的是，信中仅有"青鹅"二字。众臣看了均不解其意，然而武则天却毫不犹豫地杀了裴炎。武则天认为这是一条离合体的隐语，"青"字拆开来为"十二月"三字，"鹅"字拆开来为"我自与"三字，亦即"十二月我自与（参与内应）"的意思。① 唐末，"冲天大将军"黄巢于公元 881 年兵入长安，自称大齐皇帝。为了证明自己受命于天，据说他曾让新入伙的著名诗人皮日休为自己制作谶谣。皮日休便以"黄巢"二字制谜：

欲知圣人姓，田八二十一；欲知圣人名，果头三屈律。②

---

① 见唐·张鷟《朝野金载》卷 5。

② 宋·钱希白：《南部新书·丁》。

此谜可谓妙语双关，相传黄巢生来头发卷曲，故“果头三曲律”不但扣“巢”字象形逼真，而且暗指黄巢之卷发。不料，黄巢听了皮日休的谶诗后却十分恼怒。他自觉相貌不够儒雅，平生最忌别人注视或提及，便疑心皮日休是故意嘲讽，因而弃之不用。传说后来皮日休身罹横祸亦与当初创制这首谜诗有关。

在唐人的日常生活应酬之中，随处可见谜之踪影。以谜交谈，以谜命名，制谜求官，因谜破案，以谜议事等等，不一而足。唐代名士李藩不愿参加王仲舒、韦成秀一伙人的酒宴聚会，因为他们喜好以隐谜相互问答，自己盘桓终日，竟听不懂一句话。① 整个宴会都以隐谜交流，也算是古今一奇。另一名朝廷命官贾耽镇守滑台时，凿了一口八眼井以镇黄河。前来看热闹的乡村父老中有人说：“好井好井！只是近东，近西，近南，近北。”贾耽一听便知其意是嫌井口过于阔大。② 乡野父老信口成谜，地方官员一闻便解，可见谜道之深入人心。

唐玄宗李隆基借老臣贺知章为子乞名之机，以谜法与他

---

①《旧唐书·李藩传》。

② 钱南扬：《谜史》。

开了个不大不小的玩笑。

贺知章秘书监有高名，告老归吴中，上嘉重之，每事优异焉。知章将行，泣涕辞上。上曰何所欲？知章曰："臣有男未有定名，幸陛下赐之归为乡里荣。"上曰："为道之要莫若信，孚者，信也，履信思乎顺。卿子，必信顺之人也。宜名之曰孚。"知章再拜而受命。知章久而谓人曰："上何谑我耶！我实吴人，孚乃爪下为子，岂非呼我儿为爪子耶？"①

另外，唐人袁郊在其《甘泽谣》中还记载了大诗人李白以谜诗为人取名的故事。李謩抱着初生一月的外孙去请李白起名，李白乘醉就婴儿胸前题写道：

树下彼何人，不语真吾好。语若及日中，烟霏谢成宝。

内中隐含"李謩外孙许云封"七字。细观谜诗，虽欲学李白之通脱潇洒，而仅有形影之似却未得神韵，语句亦欠通顺。作者在《甘泽谣》中也注明是据许云封自述其事而记录下来的，恐是自抬身价之作，而非李白亲为。

唐代有以谜断案破案的。据传剡人叶简善卜筮，凡有盗

---

① 唐·郑綮：《开天传信记》。

贼事，皆能卜其名姓以谜道出。一次，村人失牛，他卜后说：“所占失牛，已被家边截上山，欲知贼姓一斤求，欲知贼名十千头，就是你的邻居丘甲吧。”事情果如其言。① 另外，历史上第一部内载谜语的小说也在唐代问世，这就是李公佐的《谢小娥传》。猜谜构成了该传奇的主要情节：小娥父与夫都被强盗杀害，相继托梦于她，梦中却是两则字谜——“车中猴，门东草”与“禾中走，一日夫”。李公佐猜出是“申蘭、申春”两个人名，谢小娥因此得以为父、夫申冤报仇。

唐僖宗年间，流传着一首嘲骂僧人势利的谜诗，格调不够高雅，亦可显见唐人风气之一斑。有一客人来京都青龙寺拜访寺僧，一连三次，皆因贵客临寺，不获面谒，遂心生恚恼，在寺门上题诗后掉头而去。原来是一首五言谜诗：

> 龛龙东去海，时（古为“時”）日隐西斜。敬文今不在，碎石入流沙。

众僧皆不晓其意。唯有一小沙弥能解，说道：“龛去龙字为‘合’；時去日字为‘寺’；敬文不在，是一‘苟’字；碎石入流沙，不正应一个‘卒’字？这是在骂我们。”② 以谜诗离合出“合寺苟卒”四字以泄私愤，事固有因，但这般报复也显

① 唐：于逖：《闻奇录》。

② 唐·冯翊：《桂苑丛谈》。

得事主气量褊狭，不合雅道。一般谜书的引录都到此为止，其实下面还有很重要的一句“谜外之音”，说这个善解谜的小沙弥，原先曾是懿宗皇朝的文皓供奉。可以想见，在社会局势极其动荡不安的晚唐时期，布衣百姓常思进身发达，宫廷文士时有流落寺院民间，这使得上层社会的谜语文化与民间的谜事活动有了进一步的交汇融合，谜语亦在年复一年的量变积累中酝酿着新的突变与攀升——走进灯节，走上花灯。

## 二、谜与灯之缘

### （一）上元灯节

农历正月十五，是春节后第一个月圆之夜。根据汉民族的传统习惯，在这一元复始、大地回春的第一个月圆之夜，家家户户亲人团聚，张灯结彩，赏游玩乐，人们称之为上元节。上元节的主要活动是吃元宵与观灯、赏灯，故又称元宵节、灯节。

上元节的由来，据《岁时杂记》记载，说是沿袭道教的陈规。道教中称正月十五为上元，七月十五为中元，十月十五为下元。不过，在道教产生之前，正月十五这天已被定为节期，且已持续了相当长的时间。

这个日子在上古时期为什么会受到人们的重视？这主要得益于它在古代历法刻度上的独特位置。初春的正月十五，正是万木复苏，江河融冻，春耕春播前夕。在这样一个月圆之夜，遥对主掌旱、涝、风、雹之月神，芸芸众生自然以种种仪式虔诚祈祷，祈愿在这新的一年里风调雨顺、五谷丰登。年深日久，节期遂约定俗成。这看似荒诞不经，却包蕴着我们古代祖先对大自然冥思苦索的认识过程。现代气象学告诉我们，我国关中、黄淮等地有着一个周期性的气候变化规律。初春至仲秋为一周期，仲秋至次年又为一周期。由初春的气候特征能大致推导出未来七个月的气候变化趋势，由仲秋的气候特征能大致推导未来五个月的气候变化趋势。斯时先民们于祈祷之外，一个最重要的仪式就是卜测年内的气候状况与农业收成的好坏。在正月十五占测雨水丰歉、祭祀神祇的活动，直到清代仍在各地普遍流行。河北新城县今高碑店市在这一天有用黄豆卜涝旱的习俗；山东齐河县时兴元宵占风，正月十四至十六日黄昏，若有风则歉，无风则丰，这几天挂出的灯笼又叫“占岁灯”；平阴县元宵夜，妇人们点上新油灯，用灯花卜测五谷桑蚕的丰歉；山西潞安在这一天盛行“蒸面茧以祀蚕姑，做粘穗以祀谷神”。这些习俗都可算是元宵本义之余绪。①

现在一些地方仍盛行在元宵节这天以生面捏制灯碗的习俗，便与这种祈求祷愿的心态有关。这种面灯一般要捏制12盏，每盏代表一个月份，若遇闰月，就要捏13盏了，故又叫作“月灯”。同时还要捏制一些动物灯。元宵节之夜，各式灯笼悬挂于大门、庭院与街道上，12盏面灯则置放香案之上祭天供神，各种动物灯也分别放在相应的位置。如大门口放狗灯，牲口棚里放牛灯、马灯，鸡窝门前放鸡灯，粮仓里放龙灯，含苍龙引进之意。有趣的是，一般还在锅台上放一盏勺子灯，象征着今后一年到头有饭吃。祭天之后，人们（尤其是众多孩童们）提着灯笼，端着面灯到街头公共场所去放灯、观灯，并且互相竞赛、评比，争奇斗巧。

在胶东、鲁中和鲁西南地区，则习惯用豆面和玉米面来做生肖灯，按照家庭成员的属相，每人捏一盏属相灯。元宵之夜，将这些灯共置一盘，俗传谁的灯燃放的时间长，谁就更长寿。有做齐全部十二生肖灯盏的，则寓意消除病灾，人丁兴旺。乳山等地还特地另做一盏“看场佬”灯，灯形为一

---

① 齐涛：《中国民俗史论》第96页，河南大学出版社1992年出版。

肩扛各种农具的老人，节日晚上由家中男孩点燃并送到打谷场院的中间地带，燃尽之后由家中长者根据燃烧情况预卜当年各种作物的丰歉。另有些地方，人们在元宵节傍晚，将硬质煤芯插于“月灯”中，填进食油，然后庄重点燃。据说从煤芯燃烧后凝成的形状中可以得到各种“信息”，如六月灯的灯芯烧成米粒状，就预示今年的小麦将获丰收。

看来，元宵灯节的最初蕴意是与农业生产相关联的，是先民们在巫术迷信心态的驱动下一种近乎本能的自发行为。节期既已固定，随着时间的推移，历史的演进，在其本义之外，又源源不断附加了一些新内容，如游乐、食元宵、猜灯谜等等，反映了节期中娱乐游戏成分的增强。

据说，历史上有几次事件对元宵节期内容的定型发生了较大影响。两千多年以前，汉文帝在周勃等戡平诸吕之乱后登基上台，这一天恰逢正月十五。为纪念这个不寻常的日子，以后每年的正月十五晚上，汉文帝都要出宫游玩与民同乐。“夜”在古代与“宵”同义，汉文帝就把正月十五这天定名为元宵节。汉武帝时司马迁曾建议修改历法，并在创建《太初历》时把元宵节定为重大节日，从而使其节期更为固定。不过，此时在宫廷中还没有放灯习俗。

时至东汉明帝永平十年（公元 67 年），蔡愔从印度求得佛法，却遭到道教势力的强烈抵制。为争个输赢，分出高低，两家在宫廷里摆开阵势比试法力，结果“外来的和尚会念经”，佛家大胜。汉明帝由是崇信佛法，敕令不论平民贵族，正月十五之夜都要张灯结彩，以示对佛教的尊崇。因为佛教教义中是将火光比作佛之威神的，所谓“大神变”，“无量火焰，照耀无极”，佛教仪式中也把灯作为佛前供具之一。而且据佛教徒们传说，佛祖释迦牟尼演示神变、降伏神魔的那一天，正是在西方的 12 月 30 日，即东土正月十五日，为纪念佛祖神变，此日须举办燃灯法会，名曰“上元燃灯”。由此，各地便陆续兴起闹元宵、赏花灯的活动。

当然，关于元宵灯节的来历，民间又有民间的说法，并由此衍生出许多美妙动人的传说故事。

一种说法是很多年以前，有位神仙犯了天规，玉皇大帝罚他到人间赎罪。他不知悔改，又难以经受人间之苦，不久，便回天宫向玉皇大帝妄告世间人无恶不作。玉帝大怒，派另一位神仙下凡，于正月十五晚间焚化人间。而这位却是好神仙，他变作一位老年乞丐明察暗访，感受到人世间诸多温暖。他实在不愿伤害这些善良的人们，但又天命难违，于是心生一计，吩咐人们在正月十五晚间都燃起火把，亮起灯笼。大地上一片火光冲天，骗过了玉帝众神，从而使人间躲过了一场劫难。自那以后，每到正月十五，家家户户都要张灯放灯以表纪念，遂相沿而成灯节之俗。

还有一种说法，汉武帝时有一大臣叫东方朔，因风趣滑稽、足智多谋而享有自由出入宫门的特权。有一年腊月，他到御花园折梅花，刚进园门，见一宫娥泪流满面向一口水井扑去，急忙出手拦阻。原来，这宫娥名叫元宵，家住在长安西北山上，家中还有父母、妹妹。她进宫数年，每逢佳节，思念亲人，心如刀绞，遂有轻生之念。东方朔听罢，答应设计遂其心愿。第二天，东方朔在长安街上摆卦占卜，广造“正月十六玉皇大帝派火神焚烧长安”的舆论。一张红帖传到汉武帝手中，上有四句偈语：“长安在劫，火烧帝阙，十六天火，焰红宵夜。”汉武帝害怕了，赶忙向东方朔问计。东方朔说：火神君最喜欢吃汤圆，可让手艺最巧的宫女元宵在十五晚上做汤圆焚香上供，并谕令京都臣民都做汤圆敬祀，前来执行帝命的火神君就会心软。再令京都千家万户一起动手做灯，十六晚间尽行挂出，自天子至臣民统统都要上街观灯，就好像城中大火熊熊，君民慌乱奔逃一般，以瞒过站在南天门上监督火神君焚烧长安的玉帝众神。于是，在正月十六晚间，宫女元宵终于见到了前来进城观灯的父母、妹妹，亲人团聚了一场。因十五上供的汤圆以元宵姑娘做得最好，人们就称之为“元宵”，这一天也就叫元宵节了。

另外一种传说是，隋炀帝色迷心窍，欲娶自己的亲妹妹为妃。其妹硬扭不过，便借口说除非正月十五晚上出现繁星落地的奇迹，才可成婚。隋炀帝便下令京城百姓，正月十五之夜家家户户都要燃灯，违者斩首，使百姓不敢违抗。其妹登楼一望，果然到处亮光闪闪，误以为真的繁星落地，因不愿身受玷辱，遂跳楼自尽。民间为纪念这位忠贞不屈的烈女子，便在每年的正月十五都燃起灯火悼念，遂相沿成习。

这些传说故事，显然流露出了人们对天上神仙、人间帝王的某种愤恨情绪，表达了他们凭借智慧禳灾排难、扬善戒恶的愿望与精神。

如前所述，元宵张灯习俗起源于民间，最早是与农事活动有关的。宫廷中元宵张灯规制的形成在时间上要晚一些，最初是与佛教礼仪相联系的，而且只有皇室贵族、豪富之家才有资格在宫廷内、御街两旁和自家门口张灯结彩，以表示对佛的尊敬和虔诚。此后再由宫廷反馈至民间，不过这时的元宵灯节已经几乎没有任何宗教象征的意味了。可以说，元宵灯节活动虽不过是朝野释道一时的假合造就，但确是经过了长期磨合，才最终合力铸成了其完整丰富的节俗内容。元宵节很早就与宫廷官府有着密切联系，而且这种联系在灯节以后的发展历程中也从未割裂过。当国家处于群雄割据、战乱纷争的状态时，正常的娱乐活动、节俗活动明显减少，处于受压抑的状态；而当国家统一、政通人和之际，统治者往往整肃节期风俗，倡导“与民同乐”，元宵节也就开始变得热闹起来。

以此为线索，我们可以大致推导出关于元宵灯节的历史流变情形。

有史书记载的元宵张灯活动，始于汉而兴于隋唐。自汉明帝时，佛僧借灯寓“破除黑暗”之意而极力倡导，这种活动便逐渐蔓延开来。南北朝时期，张灯观灯活动已蔚然成风。南朝梁武帝笃信佛教，广建寺院，并三次舍身入寺为僧，其宫中每年正月十五都要张灯结彩举行庆典。在这方面梁简文帝更是有过之而无不及。他在著名的《列灯赋》中，生动地描绘了当时宫中元宵节大放灯火的情景。有油灯、漆灯、蜡灯，火树银花，灯月交映，水中映着清晰的倒影。无论京都繁华之地，还是乡村衢巷之所，人们在节日之夜倾家而出，结队观灯，情景十分壮观。

然而，真正有规模的灯节活动可能出现在隋唐时期。隋朝时元宵节期间张灯观灯习俗极其盛行，终于形成了规模巨大的灯市。隋炀帝杨广曾作《元夕于通衢建灯夜升南楼》诗：

法轮天上转，梵声天上来。灯树千光照，花焰七枝开。

由诗中可以看出，隋朝宫廷所制的“灯树”极是辉煌奢华。唐代，为让人们有闲暇观灯，元宵节正式成为国家法定假日。节日之夜，观灯者如潮涌，皇帝也“御楼观灯”，以示与民同乐。宫廷、寺观、贵族豪富之宅第，都竞设灯棚，搭彩楼，不惜重金制灯、燃灯。唐明皇曾在长安的安福门外竖起一棵高20丈的灯树，装饰着五万盏燃灯，“树”上灯光闪耀，颇为壮观。晚唐诗人李商隐有“月色灯光满帝都，香车宝辇隘通衢”的诗句，将当时元宵灯节规模之宏大，万众观灯之盛况，描绘得生动形象，如在眼前。

唐朝以后，北京、西安、洛阳、苏州、杭州、福州、潮州、成都、广州、泉州等十大都市的花灯活动尤为盛行。到了宋代，花灯发展到了新的高峰，式样变化万千，游观盛况也是前所未有。制灯原料有羊角、罗帛、珠子、琉璃、云母等。灯的造型也很奇特，有牡丹、莲花、鸟兽等形状，还有车舆灯、屏风灯、佛塔灯、走马灯、过街灯等。灯上还绘有山水人物、花卉翎毛一类的图案。据宋·吴曾《能改斋漫录·五夜放灯》记载，当时为鼓励人们到御街观灯，朝廷规定“凡来观灯者赐酒一杯”，因此前来观灯者一时间人山人海，人声鼎沸。《程史》中记有一则轶闻，足可想见时人欢度元宵节的盛况。宣和（1119—1126）年间，凡在宣德楼下得瞻“圣颜”的仕女，都可获得宋徽宗恩赐的一杯御酒。一对夫妇同出观灯，在人潮拥挤中不觉失散。妻子随人流拥至端门，正遇徽宗赐酒。她喝完御酒后顺势偷了一只金杯。卫士发现之后，立即将她扭送御前盘问。这妇女急中生智，口占《鹧鸪天》词一首，说明情由：

月满蓬壶灿烂灯，与郎携手至端门。贪看鹤阵笙歌举，不觉鸳鸯失却群。

天渐晓，感皇恩，传宣赐酒饮杯巡。归家恐被翁姑责，窃取金杯作照凭。

徽宗此时正兴致勃勃地“与民同乐”，不但未加处罚，竟把金杯也赏赐给她了。

显然，宋代社会与以前各朝代大不相同，初具规模的、开放性的都市生活，给花灯活动的大规模进行奠定了良好的基础。我们从宋、元人的笔记、小说中，能找到大量有关上元灯节盛况的文字描写。南宋虽偏安于临安（今杭州）一隅，但张灯观灯的盛况有增无减。在当时的灯市中，民间艺术活动十分活跃。市民团体和街头艺人们在临安街头化装游行，表演各种技艺节目，如魔术、杂技、歌舞、戏剧等。在这些大规模的赏月观灯活动中，有人开始将日常猜射的一些谜语粘贴在灯上供人玩猜，猜射灯谜的游戏由此兴起。于是，人们在观赏那些百态千姿的彩灯的同时，看到了这些或长或短、内容包罗万象的谜笺。男女老少，冥思苦索，在灯市里流连忘返。猜灯谜活动逐渐相沿成习，成为元宵节期间的一项重要节俗。

总之，唐宋期间的上元灯节，有着最为深厚的群众基础。元宵之夜，不仅王公贵族们在府第张灯、放灯，众多黎庶百姓也是家家悬灯，户户光明。正如唐朝诗人白居易所吟："灯火家家市，笙歌处处楼。"宋代王安石也感叹："车马纷纷白昼同，万家灯火暖春风。"这都形象地说明了元宵放灯活动的普遍。当然，一些穷苦的百姓之家可能只是象征性地扎上一盏小灯，为困顿苦涩的生活添一抹亮光，与朱门大户张灯结彩的情形自然相去甚远。宋时福州知州蔡君谟命全州百姓元宵节期间每户人家都必须点灯七盏，百姓无力支办，一片怨声。一名叫陈烈的士子扎了一只大灯，上书："富家一盏灯，太仓一粒粟；贫家一盏灯，父子相对哭。风流太守知不知，犹恨笙歌无妙曲。"蔡君谟见了这首讽刺诗，不敢强违民意，回府后就下令收回这条规定，还算知错能改。另一个知州田登，在元宵节放灯期间，因"灯"、"登"音同，为避讳遂改"灯"为"火"，出告示说"本州依例放火三日"，百姓只好称灯为火。因他平时鱼肉乡里，民怨甚大，一句"只准州官放火，不许百姓点灯"的成语在民间不胫而走。其实，这些故事也从另一侧面反映了百姓对放灯习俗的强烈认同。这种自发的民众行为，本身有着健康的存在与发展形态，是无须再加以行政干预的。

元宵放灯，地点多在户外，而达官贵人与官府的灯山灯树也多集中于通衢大街。因此，元宵之夜户外观灯也就成了古代人们最为热闹的一种"夜生活"。每逢此时，大小城镇纷纷暂除宵禁，允许人们通宵达旦地狂欢游荡。在一年之中的绝大部分时间内，人们唯唯诺诺谨遵礼法，所谓"非法不服，非道不行，道路不同，男女有别”。一日劳作之后，只有关门闭户，自享天伦之乐，时间长了恐怕很难不产生一种沉闷、压抑的感觉——这对大多数人而言，当然还只是积存于心头的一种朦胧、模糊的潜意识。有这么一个元宵灯节，宵禁解除，到处灯火通明，人拥车填，人们长期被压抑的激情与才智猛然迸发。节日期间便将礼法旧规浑然忘却，恢复了自然情趣，在这种似已凝固板结的社会范制中透出一口气来。自隋唐以来，元宵节已不仅仅是赏灯、观灯，还有拔河、歌舞、杂技、巫祀等种种娱乐、半娱乐活动，实际上已成为中国式的狂欢节。猜射谜语，这种早已活跃于民众士人中间的文化游戏活动，本身尚存有几分天籁之趣，它之进入元宵灯节并大行其道，似乎也是在情理之中的。

## （二）赏灯猜谜

灯谜作为一个独立的艺术门类，其产生与发展须具备一些主观与客观的必要条件。一是需要有一支以猜谜表演活动为职业的专业艺人队伍，二是需要有一个数量众多且相对稳定的热心参与者群体，三是需要有能为专业艺人提供常年生活来源的物质条件，四是上层统治阶级的倡导与支持。这些条件在唐代尚未酝酿成熟，它需要以较有规模的城市商品经济为物质基础。这一基础在宋朝始得奠定。

北宋王朝结束了五代十国的长期战乱形势，重建起封建帝国的中央集权。全国趋于统一，社会相对稳定，农业生产得以恢复和发展，手工业和商业也有了较大的发展。城市商贸繁荣，人口激增。北宋末年，都城汴梁户数多达 26 万。经过宋金战争，南宋在偏安的局面下，社会经济仍有进一步的发展。临安在元丰（1078—1086 年）之前，已“参差十万人家”。宋室南渡后，临安户口骤然增至近百万家。宋代的城市管理也与唐朝大为不同。市坊制的废除，使汴梁（今开封）城里“不闻街鼓之声，金吾之职废矣”。[①] 其直接后果是城市经济大大发展，汴梁出现了很多热闹的商业街，市坊交易不再受时间限制，繁华的夜市应运而生。

随着城市商业经济的繁荣，市民群体的壮大，为商业、市民服务的文化娱乐场所如雨后春笋般冒出来。诸般伎艺人最大的集合处便是寺庙与瓦肆。宋代寺庙，每逢神诞日必有庙会，开办庙会则必定组织众多技艺娱神兼娱人。《东京梦华

---

① 宋敏求：《春明退朝录》卷上。

录》卷八《六月六日崔府君生日二十四日神保观神生日》中，记说北宋时汴梁的二郎神生日庙会，反映了当时诸艺聚合的情景：

> 其社火呈于露台之上，所献之物，动以万数。自早呈拽百戏，如上竿、趯弄、跳索、相扑、鼓板、小唱、斗鸡、说诨话、杂扮、商谜、合笙、乔筋骨、乔相扑、浪子、杂剧、叫果子、学像生、倬刀、装鬼、砑鼓、牌棒、道术之类，色色有之，至暮呈拽不尽。

其中，“商谜”即是指表演猜射谜语的演出活动，带有一定的商业色彩。当然，参与表演者也便是这一行当的专业艺人。不过，艺人们更为稳定的演出场所还是在各种瓦肆里。瓦肆勾栏里长年间诸般技艺纷呈。据《东京梦华录·京瓦伎艺》中说，北宋崇宁（1102—1107年）、大观（1107—1111年）以来，汴梁瓦市的伎艺有小唱、嘌唱、杂剧、傀儡戏、讲史、小说、散乐、舞旋、相扑、弄虫蚁、诸宫调、商谜、合生、说诨话、杂扮、神鬼、说三分、五代史、叫果子等，“不以风雨寒暑，诸棚看人，日日如是”。其中在谈到商谜时提及两位艺人姓名，“毛洋、霍伯丑，商谜”。《西湖老人繁胜录·瓦市》所记南宋临安瓦肆里的技艺大致与汴梁相仿，还特别提到一位著名商谜艺人，“背商谜：胡六郎”。

这样，北宋时期已经有了许多以“商谜”为生计的专业艺人。何谓“商谜”？孟元老在其所著《东京梦华录》中解释道：“商谜者，一人为隐语，一人猜之，以为笑乐。”以“商谜”为职业的艺人，往往采用种种手段营造出某种猜谜斗智、探奇览胜的氛围环境，从而达到吸引行人驻足观赏的目的，其情景与今日街头卖艺的演出活动差不多。两位艺人出谜猜谜、一唱一和的演出形式，则很像今天的相声表演。南宋耐得翁的《都城纪胜》、吴自牧的《梦粱录》等对此都有一些记载。号“泗水潜夫”的周密记载说，南宋间以商谜为生的专业艺人已有相当规模，其中如胡六郎、魏大林、张振、周月岩、蛮明和尚、东吴秀才、陈赟、张月斋、捷机和尚、小胡六、马定斋、王心斋等，堪称远近闻名。商谜成为一种专门的技艺，且品目繁多，猜法各异。“商谜：旧用鼓板吹《贺圣朝》，聚人猜诗谜、字谜、戾谜、社谜，本是隐语”。① 商谜开始前先以乐工鼓板吹奏特定曲目，使人闻声而至，群聚猜射，热闹场面可想而知。谜的种类有诗谜、字谜，当时有专业谜

① 南宋·耐得翁：《都城纪胜·瓦舍众伎》。

社所制的社谜，还有非专门制谜者所作之谜，如倡优们所作的“戾谜”等。猜射规制之繁多前所未有。

道谜：由来客说谜面、求谜底的猜谜形式，又名“打谜”。

正猜：根据来客的要求挂谜，“来客索猜”。

下套：猜谜者不报出谜底，而是“以物类相似者讥之”，以谜破谜，又称“对智”。

走智：临时改换谜题，使猜者困惑。

横下：允许旁边其他人参加猜射。宋代猜谜习俗常常是一对一地斗智，许他人猜时须预作“横下”声明，允许别人“横下里插进来”。

问因：猜谜者喝问句头，以求得到一点启示的做法。

调爽：“假作难猜，以定其智”。假装猜不着，让对方失算，也就不至于被他临时更换谜题，发生“走智”了。

宋时已有谜社出现，文人相聚，以谜语酬和，进而一起探讨切磋制猜谜艺。《都城纪胜》一书中对当时临安的谜社组织有所记载，“隐语，则有南北垢斋、西斋，皆依江古谜法，习诗之流，萃而为斋”。这些谜斋算是历史上最早的谜社组织了，说明谜艺探讨活动不仅有专业艺人进行，也有许多热心者平时在固定场所定期举办。

谜语在宋代进一步的发展，商谜进入百戏之中并常年举行商业性的公开表演，专业商谜艺人的活跃，谜社的出现……凡此种种，都为灯谜问世准备了必要条件。而元宵灯节在宋代的空前繁荣，以及统治者对灯节的极端重视，则为灯谜的出现与流行铺平了道路。

宋代的元宵节有两大特点，一是节期较长，一是与商业活动联系密切。从初唐开始，正式规定每年的正月十五为赏玩花灯之节日，唐玄宗时规定元宵节前后共三天为张灯日。到了北宋，又增加了十七、十八两天，遂有“五日灯”之称。南宋淳祐年间再增十三日一天为“预赏元宵”，共计六日。宋徽宗曾将元宵放灯节期延长至48天之多，事虽荒唐，元宵节在宋代之极受重视则可以想见。

据《帝京景物略·灯市》载说，传统的灯节活动确是兼有放灯和经商两大内容，“灯市者，朝逮夕，市；而夕逮朝，灯也”。自清晨到黄昏，为商贸交易之市；从晚间到黎明，则是张灯嬉玩之所。正是灯市中灯具买卖活动的需要，才直接促成了灯谜的产生。

灯具，作为当时人们夜间生活中的必需之物和城中诸多

“夜市”的必备照明用具，家家户户都需要添置。灯具交易在各地市场上应是最为热闹的，尤其在商业经济发达的都市里更是一年四季长盛不衰。而在元宵节前后，灯具的展览、销售达到鼎盛时期。周密的《武林旧事》被公认是记载灯谜问世情形的最早史料。

> 灯品至多，苏、福为冠，新安晚出，精妙绝伦……又有以绢灯剪写诗词，时寓讥笑及画人物，藏头隐语及旧京诨语，戏弄行人。①

由此可以看出，南宋时期人们已将谜语张贴于彩灯之上，供人猜射戏耍。这与剪写诗词、人物画一样，都是为达到招揽顾客、促成灯品交易的目的。我们现在所发现的宋、明时期关于悬贴灯谜的记载，绝大多数都是发生在南方的发达都市，如杭州、苏州、福州、泉州等，这也从侧面支持了我们上述“灯谜缘起于都市灯品交易”的论说。人们在赏灯、猜谜之余，也在不知不觉中完成了购物活动。这也正是商富纷纷耗资灯火夸豪竞奢的真正原因。此时的广告效应是无与伦比的，灯会、灯谜活动遂流风成俗，渐至寻常百姓家。在明代人李

① 周密：《武林旧事》卷二。

开先的一段追述中，我们发现灯谜活动已由都市商城走向“穷乡僻壤”：

> 宋元以来，通都大市，每于元夕，盛张鼓乐，罗列华筵，灯火辉不夜之城，壶觞泻如渑之酒。例用主谜之一人，出片纸书谜其上，数人传播里巷。无长少，喧聚相猜，中则予纸请入坐，上座贺以酒。虽穷乡偏邑亦然。

说明此时以谜会友、元夕聚饮的情形已迅速遍及民间，善猜谜者极受尊崇。这些盛行于民间的灯谜活动，充溢着游戏的、娱乐的浓烈色彩（图1）。

图1　典型的宫灯式样，四周可环贴灯画

或许我们在探究谜与灯如何在宋代结下这段不解之缘时，应该腾出笔墨略作解释：元宵灯节赏灯猜谜活动，为何能迅速得到人们的认可并流播成俗？灯与谜之间确是有着某种奇妙的联系。人们在元宵节这段长长的节期里，自然是要尽情地娱乐游玩，如果说观灯突出了一个

“赏”字，猜谜则突出了一个“竞”字。谜语上灯，谜使灯在红红火火中多了几丝回味，灯为谜在固有的神秘中添加了几分热闹，二者是相辅相成的。然而，谜语上灯，还引起了它自身从形式到内容上的很大变化。如谜面缩短，制谜更讲究文雅、含蓄，其难度有所增强，有时甚至故设障碍，巧制陷阱，因而形成一种扑朔迷离的艺术境界。否则，是难有“戏弄行人”的效果的。所有这一切，都宣告了灯谜在逐渐地从一般谜语中脱颖而出，独立发展起来。灯谜的这一发展势头，可能更契合我国民众以含蓄中和为上的美学趣味和欣赏习惯，同时也使得谜语因难见巧、化难为乐这一竞争过程更加激烈，因而灯谜不仅在元宵节中大放异彩，牢牢占据了一席之地，而且还流行于四时八节，成为我国民众传统生活的一部分。

灯谜中既包括了传统字谜，但又与传统字谜有所不同。一般字谜离不开字形的变化，从字谜发展到灯谜即文义谜，其标志是除一部分还保留字形变化的特点外，另一部分乃至大部分已脱离了字形的变化，表现为字义的衍化，亦即以别解成谜。而这种脱离字形变化、纯靠字义表现的文义谜正是从宋代才开始的，它是文人离合体谜诗的进一步发展。如宋代彭乘在其《墨客挥犀》一书中，曾录有一首以唐代文人姓名为底的谜诗：

佳人佯醉索人扶，露出胸前白雪肤。走入帐中寻不见，任他风雨满江湖。

谜底是贾岛（谐音“假倒”）、李（谐音“里”）白、罗隐、潘阆（谐音“攀浪”）。

宋代元祐年间，有好事者取达官贵人姓名为谜：

雪天晴色见虹霓，（谜底：韩绛）
千里江山遇帝畿。（谜底：冯京）
天子手里朝白玉，（谜底：王珪）
秀才不肯著麻衣。（谜底：曾布）

《齐东野语》也收有以“今人名藏古人名”的谜：

人人皆戴子瞻帽（仲长统），君实新来转一官（司马迁），门状送还王介甫（谢安石），潞公身上不曾寒（温彦博）。

如是等等，制谜手法虽不够圆熟，却是文人式灯谜创作的先声。据史料记载，北宋著名文人，如苏轼、黄庭坚、秦观、王安石等，都是灯谜的积极倡导者和参与者。“东坡、山谷、秦少游、王安石，辅以隐字唱和者甚众，刊集四册，曰《文戏集》”。① 灯谜形式在宋代出现，并作为一种民俗游艺活动广泛流播，看来绝非偶然。

## （三）环立漫射

金、元入主中原以后，基本上承袭了北宋的灯节文化。金章宗完颜璟爱好谜语，曾诏令四川人杨圃祥主编了谜集《百解珠》。到了元代，朱凯所编谜书《揆叙万类》所收集的谜语资料较宋代谜书更为丰富。据元代人陶宗仪《南村辍耕录》金院本一节记载，当时还有涉及猜谜内容的演出剧本。元代人黄雪蓑在《青楼集》中记载了我国第一位较有影响的女谜家的行迹：

> 倡家梁园秀，姓刘氏，行四，歌舞谈谑，为当代称首，又善隐语。

由这些零星材料推论，金、元间社会上的灯节灯谜活动依然很活跃，这从皇帝好谜、倡女善隐的社会风气中可以想见。只是汉族的文人士大夫们出于一种民族情绪，对此不屑一记罢了。

---

① 明·郎瑛：《七修类稿》。

明朝为古代观灯之最，花灯越出越奇，灯期越来越长。明太祖朱元璋在南京建都后，把放灯时间改为正月初八开始，正月十七收灯，共有十天灯期。这是我国历史上由皇帝所诏定的灯期中最长的。据说有一年元宵节，朱元璋特令在秦淮河

图 2　明·兰陵笑笑生《金瓶梅》

插图，原题“佳人笑赏玩灯楼”

图 3　明·兰陵笑笑生《金瓶梅》
插图，原题“逞豪华门前放烟火”

上燃放水灯万盏，月色、灯光、水影交相辉映，几成神仙世界，景象极为壮观。永乐年间，还在午门外设立灯柱，在中华门外开辟悬灯专区。元宵佳节，家家户户均制花灯，晚间则张灯为戏，竞夸技艺。(图 2—3)

以如此长的灯期为背景，又有如此盛大的张灯活动作依托，明朝的灯谜活动呈现出一种平民随意参与的特点。于是，在每年的正月八日至十八日，在东华门外的灯市上，“有以诗隐物幌于寺壁者，曰商灯。立想而漫射之，无灵蠢”。① 这是在都城，在杭州等大城市亦是如此。

> 杭人元夕，多以此为猜灯，任人商略……好事者或为藏头诗句，任人商揣，谓之猜灯。②

从中可看出，永乐（1403—1425 年）、洪熙（1425—1426）年间，杭州元宵节的灯谜活动确是盛况空前。明成祖极为重视语言禁忌，特召请当时“以善谜名”的钱塘人杨景言入京为“顾问”，这对当时的灯谜活动更无异于推波助澜。

当时的许多地方县志、杂记都对本地区灯谜活动津津乐道。万历（1573—1620 年）年间，钱塘地区在每年的元宵节都悬赏各色花灯，人们将藏头诗句粘于灯上，谁猜中谁便将该谜条揭去。这样手持谜条之多寡便成为一种炫智竞才的手段，似乎以此可比量出人们的才思灵智。苏州则流行一种弹壁灯，三面环贴谜条，任人猜射。在绍兴，人们在十字街头搭起木棚，上挂一只大灯，俗呼作“呆灯”，上面画着《四书》、《千家诗》等书中的故事，有人贴上谜条，人们环立四

---

① 明·刘侗：《帝京景物略·春场》。
② 明·田汝成：《西湖游览志余》。

周随意猜射。

不难看出，明代灯谜活动不再有宋时那种严格的猜射规则与诸般讲究，而是可以“任人商揣”、“环立漫射”，不管你是官是民，是雅是俗。此时的灯谜有两种制作方式，一为弹壁灯，外形很像今天的壁灯，它一面覆壁，三面贴附谜题；另一种是在十字街心或通衢热闹之处，张设鳌山灯坊，上悬花灯，四面悬谜。猜中以后，便将谜条揭去。这也是灯谜不同于他种艺术形式之处，一旦猜中，再悬挂便觉索然无味了。

在明代人看来，灯谜与谜语没有什么两样，贴不贴在灯上只是个形式问题。村夫野叟也罢，文人士大夫也罢，他们在日常生活中即兴创制出大量谜语，这些谜语在一定范围内不胫而走，好事者稍加整理便可在公开场合粘贴灯上，引人猜玩。日常的制谜活动，是灯节中灯谜活动的源泉与土壤。

明末阮大铖在《春灯谜》传奇剧中，有一阕《朝天子》，描写了灯谜竞猜的场景，堪称生动传神：

打灯谜闹场，

拆灯谜搅肠。

纸条儿标写停停当。

金钱小挂，

道着时送将，
那不着的受罚还如样。
市语儿几行，
人名儿紧藏，
教你非想非非想。

该剧描写了湘乡县黄陵庙庆赏元宵之时，一伙商谜伎艺人“持灯谜、灯笼、细吹打”上场，以音乐伴奏招揽游客，手持灯谜任人猜射。射中的赏一串钱，名曰“彩头”；射而不中，便输一串钱。能够猜中的次数比起猜不中的次数来当然要少得多，商谜艺人正是借此赢利赚钱。这与宋代职业商谜伎艺人的行为颇相似，只是社会地位上又有所下降。宋代“商谜”是说相声似的广场表演的形式，明代则打灯笼作招幌，以出谜、猜谜为手段做现赔现赚的买卖。剧中出现了多则灯谜，其中颇有可观者。如：

孩儿不见一点血，从个先生忘记了撇。只有一字折两点，也不粗糙也不黑。

打一汉代人名，谜底是“孟光”。此谜读起来滑稽古怪，艺人表演起来有令人捧腹的舞台效果，而且这个“俗面”又配了个“雅底”，使人猜来饶有兴味。

明代灯谜风靡朝野，从京城到地方，没有哪个地方在元宵灯节不悬猜灯谜的，异彩纷呈的灯谜艺术为各地的灯节灯会增添了许多的喜庆与娱乐。灯谜深为社会各阶层人士所喜爱，一些文人士大夫竟到了为之痴迷的地步，因而出现了不少专门研究灯谜、辑录灯谜的专著。

明代谜坛人才辈出，佳谜极多。其中以徐文长最称大家。他一生不为世所重用，牢骚困苦，佯狂愤世，却因此得与下层百姓相亲近。他博学多才，思辨机敏，所作之谜皆独具气格风骨，足可垂为后世范。如：

两下里做人难。（打字一：入）

四山纵横，两日绸缪。富是他起脚，累是他起头。（打字一：田）

何可废也，以羊易之。（打字一：佯）

在“入”字谜中，“两”的繁体字为“兩”，其“下”、其“里”中有两个“入”字，虽然像“人”，却不能换作“人”字，所以说“两下里做人难”。谜面为生活俗语，与谜底扣合得天衣无缝。第二个谜，乍看像一老农述说劳作艰辛的口吻，散发着浓郁的生活气息，却能句句稳扣“田”字。第三个“佯”字谜，在400年后的今天，仍然堪称是增损体灯谜的范例。

另一谜家黄周星则善以古人名姓入谜。他在《廋词四十笺》中，每一笺内载四则灯谜，谜底中共计有160个古人名。全书以酒令为体例，开创了后世以灯谜为酒令的先河，其中颇有可观者。此外还有大名鼎鼎的谜语大师冯梦龙，他在《黄山谜》一书中，载录了他从民间搜集来的以及个人创作的谜语共计67则，有物谜，有字谜，均通俗风趣，有少数几则语涉猥亵情事。在他那里，谜语与灯谜、民间谜与文人谜并陈共列，已不存在什么明显界限。

嘉靖八才子之一、著名文学家李开先对当时众多的民间谜语加以选择、整理，编成《诗禅》一书。内中辑录谜语98条，颇能代表当时民间谜语活动中几类不同的风格特征。这些谜语或以俗语作底，或以物名作底，更多的则是字谜，大多能够较真切地反映当时社会的现实生活，而不仅仅是单纯的文字游戏和娱乐猜智形式。如：

> 重山复重山，重山向下悬；明月复明月，明月在两边。上有可耕之田，下有长流之川。一家共六口，两口不团圆。（打一字：用）
>
> 上种田，下养蚕，难济十口之饥寒，命如一丝之孤悬。（打一字：累）

第一则谜用的是民歌诗体语言，描写一个山里人家。那里山水相依，水中明月与重山互映，景色极美，可是丈夫被迫外出服役，两口子不能团圆，农妇身边还留下四个孤苦的孩子，境况凄惨。全诗既有诗情画意，又有思想寓寄，字字入扣、巧妙组合，扣合着一个“用”字，真是谜中难得之佳作。第二则“累”字谜，也是反映民生疾苦之作，字字句句，是身处悲惨命运中的下层民众的声声哀号。李开先认为，在当时的社会政治生活中，“人心稍变，直道难行”，因而隐谜大量流行。《诗禅》中所收之谜，显然正是这种“不平则鸣”的民间谜语之正味。

极其兴盛的民间制谜与文人制谜活动，是明代灯谜繁盛的真正原因。而这些生活谜语在上灯成为灯谜的过程中，又不可避免地发生了种种变化。

首先是谜面缩短。受灯笼空间的限制，灯谜的体制必须短小精炼。谜面越来越短，大多只是一两句话或一个成语，一个词组，一个单词，甚至只有一个字。谜面的多少，后来成为人们区分灯谜与一般谜语的标准之一。一般谜语为“长面谜”，灯谜被称作“短面谜”。在这种限制条件下，要想出巧出新出奇，就需精心构思，严格制作，巧妙地运用汉字的音、形、义以扣合底面。因而，谜材自然而然地转向传统的诗、词、曲、赋及经传小说一类具有丰富文化积淀的“经典语”中。好的灯谜总能巧妙地引经据典，摘用佳句，表现出一种典雅含蓄、委婉有致的艺术风格。“独脚虎”、“缩脚虎”的称谓这时已为人们常用。明人贺从善著有《千文虎》一书，收录的都是“以七字包四字”的“独脚虎”。这一称谓由何而来？据无名氏的《千文虎序》中说，这也是根据先辈传袭下来的，“更作三句以成诗，惜乎只有一句，更难于谜，故号曰独脚虎”。据考，“独脚虎”一词元代就已出现，只是在明代特别流行罢了。

称这种短面灯谜为“虎”，真是再恰当不过了。灯谜本身具有既供人猜、又使人不易猜中的特点，人们便以“灯虎”喻其难以猜射。从外形上看，古代谜诗竖写四行，犹如虎之四脚；后来四句改作一句，“虎”也就变成了“缩脚虎”、“独脚虎”。将难以猜中之谜比作性情凶猛、难以射中之虎，可谓恰如其分。这让我们联想到希腊神话中的“斯芬克斯之谜”：

> 不久，一个可怕的怪物在忒拜城出现，一个有翼的斯芬克斯，她有美女的头，狮子的身子……斯芬克斯蹲在一座悬岩上面，询问忒拜人以智慧女神缪斯所教给她

的各种隐谜。假使过路的人不能猜中她的谜底，她就将他撕成碎片并将他吞食……正在这个时候，俄狄浦斯来到忒拜城……这怪物决定以一个她以为不可能解答的隐谜来为难这个勇敢的外乡人。她说："在早晨用四只脚走路，中午两只脚走路，晚间三只脚走路。在一切生物中这是唯一的用不同数目的脚走路的生物。脚最多的时候，正是速度和力量最小的时候。"

俄狄浦斯听到这隐谜微笑着，好像全不觉得为难。"这是人呀！"他回答，"在生命的早晨，人是软弱而无助的孩子，他用两脚两手爬行。在生命的当午，他成为壮年，用两脚走路。但到了老年，临到生命的迟暮，他需要扶持，因此拄着杖，作为第三只脚。"这是正确的解答。斯芬克斯因失败而感到羞愧。她气极了，从悬崖上跳下摔死了。①

古希腊把谜视作最凶猛的狮子的象征，中国则将之喻为"百兽之王"老虎，内中道理是相通的。人们遇到一个难度较大之谜语时，往往茶饭不思，冥思苦索，其身不由已、魂不守

①《希腊的神话与传说·俄狄浦斯在忒拜城》。

舍之状，如同身陷狮虎阵中，无心他顾。而一旦猜中，顿觉神清气爽，仿佛巨狮堕岩，猛虎倒地，从中体验到某种难以形容的兴奋。轻轻扯下灯上谜条，回味谜中无穷妙意，会产生一种痛快淋漓的高峰体验。

可能正是由于人们对这种高峰体验的无穷渴望与期待，遂导致灯谜发生了另一大变化——谜格的创生。灯谜之有谜格，也从明代开始，是随文义谜的发展需要应运而生的。明代的灯谜活动日渐盛行，不仅在元宵节，在中秋、七夕等节令中也常常举行。为求方便，有时干脆弃去花灯，只将谜语写成一条幅，或贴于壁，或悬于绳，亦称灯谜。汉字总归有限，人欲制谜无穷，谜材终有告急之时，于是便图另寻天地，创制谜格以人工补天然。因而，谜格之出现正是灯谜制作日臻完善、灯谜活动极其繁盛的标志。明朝末年，扬州人马苍山整理编辑了《广陵十八格》，其中卷帘、徐妃、寿星、粉底、虾须、燕尾、鸳鸯、碎锦等谜格，至今仍在谜界沿用。

谜格的出现，成为灯谜区别于一般谜语的又一显著特点，标志着灯谜与一般谜语有了更远的分离，已彻底成为一种独立特殊的新形式。谜格既经设立，方寸谜面中便更可蕴生出丰富变化，使制谜者谜材大增，也使猜射者有章可循。清末民初，灯谜文化极度繁荣，出现“烂熟”景象，当与谜格新辟出的广阔天地有一定关系。当然，后来谜格泛滥，多时竟达400余格，反而限制了灯谜的普及与发展，实在不足为训，不过这都是后话了。

## （四）春灯候教

清代的灯谜活动内容更加丰富，形式更加讲究。上至皇帝后妃，下至村野百姓，常以制猜灯谜为乐。相传康熙帝在某次南巡时，沿途地方官为投其所好，特设花灯夹道，上缀灯谜。许多灯谜都制作精巧，颇具新意。康熙比较中意的是一则“雪罗汉”谜：

> 色相空时觉洒然，知君降自大罗天。笑他尘网真成碍，坐到冰消即是禅。不敢趋炎情默默，何妨守冷腹便便。想伊也惧春心动，早已消融在腊前。①

光绪年间，在皇宫中定期举办灯节谜会已经成为一种传统。每年的正月十五，宫中都要热闹一番，除耍灯、演戏外，最热闹的就属猜谜。晚间，紫禁城内神武门大开，院里各色

① 清·褚人获：《坚瓠补集》。

各样的灯上都贴着谜条，宫中之人均可上前猜射。凡射中者必有赏，赏品非常别致，是盛在一个大黄托盘里的一摞元宵，每盘大约有一百多个。

在宫中的众多爱谜者之中，慈禧算是比较突出的一个。有一次，她令太医院尹作谜给她猜，太医院尹作了一则“踏雪寻梅”（打中药名一：款冬花）的谜，她大加赞赏。八国联军攻入北京，慈禧与光绪率宫廷后妃大臣仓皇西逃，为解途中寂寞，慈禧应皇后之请说了一个谜：

> 一家好好过，怕听五更鸡；鸡鸣三唱后，白昼失东西。

慈禧说完先叫光绪猜，光绪猜了三次方才射中——月亮。随后，光绪也说了个谜给慈禧猜：

> 话语巴山旧有家，逢人流泪说天涯；红颜为伴三更雨，不断愁肠并落花。

慈禧闻听后不但不猜，而且极其恼怒，认为光绪出言不吉。光绪辩称谜底是“红蜡烛”，正是喜庆吉利的象征。最后慈禧才下评语说，这个谜本身既工又切，有意在言外之妙，就是听起来太不吉祥了。相传慈禧还曾制过一则很“村俗气”的谜，以“多多多多”射节令二：除夕、七夕。除去“一夕”，尚余“七夕”，从而扣合谜面的八个“夕”。小说《红楼梦》中写到贾府的姑娘媳妇们制谜猜谜时，在皇宫为妃的元春也特地

图 4　清・曹雪芹《红楼梦》插图，原题
“暖香坞雅制春灯谜”（摹本）

差太监送来灯谜让众人猜，为欢度元宵灯节的贾府助兴添趣（图 4）。

至于在平民百姓闺阁市井之中，好之者更是大有人在。京城中专门设置灯谜的处所，虽非比比皆是，却也屈指难数。从当时人们的一些诗词作品中，可以约略感受到。

画屏深护绿玻璃，小谜灯前密字题。①

---

①《榕园合集・帝京踏灯词》。

——清·李彦章

灯谜巧幻胜天工，不惜奇珍与酒红。

多少才人争夺彩，夸长竞短走胡同。①

——清·赵骏烈

灯谜巧幻难猜，但众多才人还是竞猜争胜，一心夺彩，这成为灯节灯市中一道恒久的风景（图 5）。当此月圆之夜，小家庭院中则是另一番宴乐旖旎光景。

图 5　清版灯火会图

帘幌下，影徘徊。听笑语诙谐。百忙里，阄成灯谜，

① 《燕游草·燕城灯市竹枝词》。

掷与郎猜。①

夫妻欢聚，笑语诙谐，灯谜猜射活动更使闺房生活平添别样情趣。

总之，灯谜发展到清代，已是大为普及。既跳出了“节”的局限，又突破了“灯”的限制，元宵灯节仿佛只是为了日常间的灯谜之俗推波助澜罢了。尤其在一些大都市里，灯谜活动遍行于四时八节，早已不是灯节专利。有时，文人雅士们兴之所至，还要隔三岔五地举办一些谜会活动。比如，清代百本张抄本所集时尚俗曲中有《平灯谜》一首，吟咏京城文人灯谜雅社的情形。到社者通常是自带谜条，事先写好条幅。入社后，“钉壁子按墙宽窄分长短，粘条儿成排端正莫斜歪。忽听得乒乓一阵锤儿响，顷刻间柳绿花红次第排”。大家随意把灯谜凑在一块儿，以互相猜射为乐。虽然没有花灯，但仍以“灯谜”呼之。

另有一清末民初谜家在《岁华忆语》“春灯谜”一节中，将清末南京灯谜活动描述得很是传神：

文人学士，暇时制为谜语，新年鲜事，则张条于衢，

① 清·尤侗：《意难忘·元宵》。

> 曰“春灯候教”。万头攒动，聚影一灯，忽然有悟，高声请问，则群耳倾注，或拍手狂噱，此游戏之近雅者。

据说此时的私塾先生们讲解《四书》，有时就顺手拈出几则灯谜寓教于乐。如，以“一点胭脂”射“赤也为之小”，“官场如戏”射“仕而优”，“凭君传语报平安”射“言不必信”等等，学生学习起来也就不那么枯燥了（图6—9）。寻常时节，一些买卖商号为招徕顾客也不时挂出几则灯谜，其格调自然要粗俗一些，如以“八戒洗澡”射“猪下水”，很有些耍噱头的意思。

图6　旧版灯画，上写灯谜，下绘戏曲场景（该画为《玉虎坠》故事）

图7　旧版灯画《包公案》

图 8　旧版灯画
《百花记》

图 9　旧版灯画
《白玉楼讨饭》

清末民初，是谜界人才辈出、群星璀璨的时期。灯谜文化高度繁荣，谜社组织逐渐繁多，谜事活动呈风起云涌之势。一个相当活跃的谜家，往往同时加入多家谜社、谜斋的活动。在同一个地区，经常是一社未衰，他斋又起，令人有眼花缭乱、目不暇接之感。重要的谜社团体都有自己的展示园地与舆论阵地。一些著名报刊上设有相对固定的谜栏，还有一些专门的谜报、谜刊，而陆续出版的灯谜著作也在社会上大受欢迎。谜家们通过报刊书籍与社会保持着相当密切的联系，他们的一举一动也受到社会的广泛关注。正是借助于如上这些浩如烟海的文献资料，我们对这一时期如火如荼的谜事活动，有着特别深刻的印象。

当时的著名谜书，有俞曲园的《隐书》、《春谜大观》，张起南的《橐园春灯话》，薛凤昌的《邃汉斋谜话》，孔剑秋的《心向往斋谜话》，谢会心的《评注灯虎辨类》，顾震福的《跬园谜稿》，王均卿、周至德的《春灯新谜合刻》，钱南扬的《谜史》，唐薇卿的《谜拾》，韩振轩的《小鄉嬛仙馆谜话》、《增广隐格释例》、《谜目大成》等。报刊中有按期登载谜录、谜话者，或聊作补白，或专辟谜话，如《游戏报》、《申报》、《文社日报》、《消闲报》、《新小说杂志》、《东方杂志》、《小说月报》等。此外还出现了专门的灯谜报刊，如《文虎》半月刊、《黑皮书》、《文虎周刊》、《虎报》等。谜社间的日常谜作和报刊所登的谜条，每隔一段时间便有人编集成书出版，几成惯例。

这时期谜界活动频繁，人才辈出，可谓时势造英雄。整个谜坛既有南宗、北派之分，又有京派、海派之别。据说南宗善用会意隐喻而重典雅，北派喜制诗律谜而重韵味。谜坛上还有些响当当的“山头”名号，如“萍社五虎将”、“金陵五虎将”、“隐中八仙”、“厦门三大家”、“厦门三十六天罡”、“台北谜家五虎”、“扬州三狂士”、“南金北张”（金子乾善制南派拢意灯谜，张郁庭喜作北派扣字灯谜）等，而以其中的京派、海派之说影响最大。

谜社中的京派、海派，当以两家最有影响的“北平射虎社”与“萍社”为代表。两派在社员身份、活动形式、制谜风格等方面都有着很大不同。萍社成立较早，约在1912年左右。以小说家孙玉声为首，四十余名社员多为上海报界、学界、文艺界人士，社名取“行踪萍合”之意。后来的大中虎社、中华俭德会谜社、金刚钻报谜社、半淞园谜社、虎会等都是其余绪。萍社先是将“文明雅集”茶园作为商谜之所，次年“新世界”游乐场开张后，又在“新世界”里张灯悬谜。社员们除时常在社内“雅集”外，还在每月“望日”（十五）对游客开放谜会，并商定这天须皓月当空始悬出谜笺，否则作罢。后又改往福州路口“绣云天”（以后改名为“神仙世界”）游乐场活动，持续了数月之久。不久，黄楚久开办“大世界”游乐场，聘孙玉声为《大世界报》主编，萍社又迁往“大世界”，由社员们轮流值课，公开举行谜会，猜谜者遂“源源而来，日无虚夕”。他们还将射出之谜在《大世界报》的“文虎台”栏目内逐日选载，因此吸引了更多的爱谜者。萍社在“大世界”的活动竟长达七年之久，社员们历年所撰谜作不下数十万条。王均卿曾精选其中5000余条编成《春谜大观》，由进步书局公开发行。后来，由原萍社社员参与掌社的大中虎社，1951 年公开发行了具有全国影响的灯谜刊物《文虎》半月刊，并远销至我国台湾、泰国等地区。其内容丰赡，选材谨严，史料翔实，迄今无出其右者，可谓地地道道的“海派”风格。

与“萍社”并称为“南北两大谜社”的“北平射虎社”，成立于 1916 年，结束于 1919 年。社长韩光奎，社员多为寓京文士及前清遗老，也吸收了一部分外地谜家入社，共约七十余人。后来在北京陆续出现的隐秀谜社、游余社游艺会、丁卯谜社等组织，多由原北平射虎社成员重新自由组合而成。北平射虎社有其具体的活动章程。每月开常会一次，每人至少悬谜 30 条，在社员间互相商猜；逢元宵节、中秋节则开大会，先期登报，公开候教，中者赠彩；还有油印谜集，标题某次常会或大会隐语，分送函寄京城内外社员。该社成立三年，共开常会三十余次，大会六次，印发谜集约 40 册，制猜谜语不下二三万条，影响甚巨。

除京沪两地灯谜活动极为繁荣外，另外还有几个热闹地区，如台湾、福建、广东、浙江、武汉、兰州等。这些地区也有相当多的谜社、谜事活动，共同形成了清末民初灯谜文化的繁荣景象。如 1902 年成立于福建厦门的萃新谜社中，由当地文教界人士组成的“三十六天罡”，在当时颇有声名。其活动方式亦像京沪谜社一样，分“内猜”与“外猜”两种。内猜，社友每月聚会一次，约定交创作谜条 30 则，彼此猜射；外猜，系指逢年过节时对外举行谜会，供市民娱乐。值得一提的是，1931 年九一八事变后的第一个中秋节，萃新谜社社员激于义愤，以灯谜的形式结合时事，揭露、声讨日本军国主义的侵略罪行。另由李绣伊、谢云声、柯伯行、陈厚庵、吴秀人五人在厦门安定路青年会联袂举办的谜会中，所制谜条亦颇具匠心。如，以“沈阳惨案发生”扣合《诗经》句一“我日构祸”；以“危哉奉天（卷帘格，射四书句一）”扣合谜底“宁戚揭被”等等。当时的《文虎》第二卷十五期详细报道了这次活动，并称赞这次活动“举座称惬，咸谓在此时势，又能将雕虫之作品，权为宣传口号，其用心运意，亦可为独造”。

清末民初，扬州竹西后社的八位谜家被时人呼作“隐中八仙”。时人谢闲轩所做的《隐中八仙歌》非常有趣，刊载于《文虎》半月刊后，立使八位谜家名声大噪。诗为：

主持隐社隆准公，滑稽饶有东方风。嬉笑怒骂羞雷

同，是非得失能折衷。（孔隆准—孔剑秋）

笃山自是将军雄，群夸射虎弯强弓。有时惯拈红豆红，令人相思意无穷。（孙笃山）

汤叟七十犹明聪，精研小学资童蒙。廋词每托假借中，允推博雅为正宗。（汤公亮）

偶然游戏如还翁，一鸣惊人若洪钟。养精蓄锐时折冲，不肯轻试偏藏锋。（吴思棠）

六皆脑力称最充，五经烂熟罗心胸。博闻强记多贯通，不屑搜索残书丛。（方六皆）

甘荼刻画尤玲珑，雕虫不啻如雕龙。勾心斗角嵌妙空，果然鬼斧兼神工。（祁甘荼）

郭熙别有情所钟，传奇小说常陶镕。酒酣醉卧方朦胧，应对如响犹从容。（郭仁钦）

陈良顾曲误必攻，几与周郎能并踪。其余后起多晋冯，莫不步趋今孔融。（陈天一）

其中所提到的这位“主持隐社隆准公”，就是当时著名谜家孔剑秋，字小山，一名庆镕。因其鼻梁高挺，外号隆准。原籍浙江衢州，因奉母乔居扬州。秀才出身，早年供职于广陵书院。他15岁开始学谜，刻苦研读谜书，虚心向谜界前辈求教，遂登谜学堂奥，清末民初在扬州谜家组成的“竹西后社”中被公推为盟主。后人北平射虎社，与著名谜家张起南有“一时瑜亮”之称。他精于制谜，“每一谜出，妙趣横生，举座倾倒”。而且还善射谜，曾一次中鹄百余条，得谜赠堆积盈尺。他在《文虎》半月刊上连载的《心向往斋谜话》，谈维扬谜坛掌故，如数家珍，为后人留下了许多宝贵资料。

从一些著名谜家的趣闻轶事中，亦可约略看出当时谜界的一些风尚习惯。如原籍福建、流寓扬州的另一清末谜家高乃超，一生喜欢制作灯谜。他在教场南玲珑茶社旧址开设“可可居”酒家，每于午后放留声机招徕顾客，悬谜四壁，任人猜乐，猜中者赠予酒菜。后来为聚谈射谜方便，竟迁走店址，扩大面积，在北面另辟一小店，起名“惜余春”。经常在此间流连的有高锡刀、马趾仁、李仲蕙、孔剑秋等著名谜家。

另一位值得一提的是民初谜家涂竹居。他字瑞滋，号青节主人，湖北武昌人。早年毕业于湖北师范学堂，后供职于铁路局。因父辈善谜，潜移默化，亦嗜好射谜。后因调入兰州铁路局，遂定居兰州。每日里以悬谜张灯、传播谜艺为乐。他将北派谜“八体三十八法”悉心传授于兰州谜人，并在报章登载《谜社征友启事》，广泛征集谜友，于1947年创立“水晶谜社”。他还应《西北日报》“绿洲”副刊编辑之请，主编《谜栏》。此后兰州一带谜事活动不断，谜界人才源源不绝，这与悉心传播灯谜文化的涂竹居大有关系。

清末民初，大千世界三教九流，遂有以灯谜猜射为业借以谋生者。宋、明“商谜”伎艺演变至此，也就完全败落了。据说很久以来，在开封相国寺内三百六十行之外，就有些不第秀才、落魄文人，专门摆设“猜诗谜”骗局，赌骗行人。“猜诗谜”又叫“打诗笺”，俗称“五字度”。其方法是：用纸条书五言诗或七言诗一句，空缺其中一字，另撰类似之字四，供人任选猜押，黑话称作“五毒条子”，而藏原字于纸底，射中偿钱三倍。30年代初，有一个设局者，用了一段为人熟知的诗句：

| | |
|---|---|
| ○得到辽西　那、不、难、免、早 | 谜底　免 |

“打起黄莺儿，莫叫枝上啼。啼时惊妾梦，不得到辽西。”显然是其中的第四句。某猜者肯定为“不”字，下注赌银币十枚。揭开谜底，则为“免”字。观者无不哗然，愤而质问有何出处。出谜者不慌不忙从怀中取出当时新刻印的《邃庵诗话》，指内一则云：“有对金昌绪《春怨》反其意者：‘莫打黄莺儿，叫他枝上啼。啼时惊妾梦，免

得到辽西。’” 众人为之语塞。①《邃庵诗话》的作者刘邃真既精于诗又擅制谜，是当时公认的谜坛权威，不意竟为设赌局行骗者所用。尤为可疑的是，行骗者大概预设有多种答案，必然也随身备有多种“经典”版本为铁证，任你如何猜射总会输却钱财。猜赌者有贪利博彩之念，设局者有图财劫人之心，世风不古，使灯谜蒙垢了。

20年代，也是在开封，发生过一则以狐皮袭作为谜赠“戏弄行人”的轶事。据说在某一年的元宵节，开封百城书店门口挂灯设谜，有人悬一“尔”字，射《蒙经》（即《三字经》）句二。谜条注明：中者以狐腿皮袭一件相赠。重赏之下，必有勇夫，如此昂贵的谜赠，自然引来无数猜者。熟稔谜道之人，知道这是遇上了最最难猜的精品灯谜，即谜坛上人人谈之色变的“看家虎”。某孝廉知难而进，连续三夜，对灯苦思冥想，不时查对《三字经》原文，乃至呕血淋漓，仍是不得其解。最后，主人揭示的谜底是“孟子者，七篇止”。《孟子》全书共七章，最后一句为“则已无有乎尔”，七章止处，正是一“尔”字。虽没有什么谜味可言，但暗扣“止”字，亦颇具巧思，别开生面，都认为是一则难得的好谜。② 从这则谜话里，亦可约略看出20年代灯谜活动的兴盛状况。据老一辈讲，当时在灯节三夜，凡谜灯挂出，只要有猜射者，虽东方欲晓，但天未大亮，按例亦不得

① 陈雨门：《灯谜趣话》，中州古籍出版社，1984年版。

② 陈雨门：《灯谜趣话》，中州古籍出版社，1984年版。

撤去，否则即责为不恭，多少还有些许古风存焉。

晚清时期的一则趣事恰好可为此作一例证。广西巡抚史念祖性喜猜谜，又特别好胜。有一年正月间，官衙外有个地方举办灯市悬猜灯谜，他每天都要携幕僚前往，一定要将全部谜条猜中才算完事。偶然有一次，还未猜完，突然间夜刮大风，天气骤冷，便踱着步欲返寓所。途中正巧遇前来找寻他的朋友，劝他注意身体赶紧回家，他却因此被撩起谜兴："你不劝还罢了，你这一劝我一定得再回去。"于是掉头重回灯市，直到全部猜中方回寓所。

上面提到的那个以狐皮裘为谜赠的看家虎"尔"字谜，传说为"伶隐"汪笑侬所制。汪笑侬的人生际遇是当时许多谜人生活的缩影。据开封里城满族老人讲，汪是清光绪年间进士，任太康县知事，颇有政名。推翻清鼎后，便寄寓在开封夷门一带。他兴趣广泛，博闻强记，后苦心学戏，竟成大家，被梁启超誉为"伶隐"、"戏剧改良实行家"。他尤其偏爱灯谜，喜欢制谜自喻解嘲。如，以"伶官"射《四书》句一"学而优则仕"，以"遇有舞台便演出"射成语"逢场作戏"，以"小生这厢有礼了"射《孟子》句一"平旦之气"，以"汴京禁止演剧"射《诗经》句一"无敢戏豫"等等，皆现身说法，语含幽默。清末民初，社会处于大变革、大动荡时期，个人的命运也像谜一样难猜难解。满腹诗文、威震大堂的县太爷，转眼间便成戏剧名伶，汪笑侬将这种人生谜意寄意于灯虎之中，其中况味甚堪玩味。

现代文学史上一些驰骋文坛的巨匠大家，其少年时代正逢灯谜盛世，往往都在不知不觉中浸淫其中，对灯谜活动表现出莫大兴趣，以至终生不忘。胡适、鲁迅、郭沫若、冯沅君、老舍、端木蕻良、姚雪垠等，皆有这方面的轶事趣闻。

鲁迅先生不仅是成就卓越的现代文学巨匠，而且还是个制谜高手。他自幼喜爱猜谜，每逢夏夜，便时常躺在自家门口的大桂树下，由祖母教他猜谜。后因家遭变故，避难到绍兴乡下外婆家，结识了一批少年朋友，猜谜游戏更成了家常便饭。这些经历都在他的小说《长明灯》中有生动有趣的反映。另外，鲁迅在写信、题写书名和选用笔名时也经常运用谜语，以达到不同的效果。如他在 1933 年 6 月 20 日夜致林语堂的一封信中写道："不准人开一开口，则《论语》虽专谈虫二，恐亦难，盖虫二亦有谈得讨厌与否之别也。""虫二"便是一则趣谜。据说乾隆皇帝下江南时，在杭州饱览西湖美景之后，信笔题下"虫二"两个大字，暗隐"風（风）月无边"。鲁迅借此谜来讽刺林语堂所编《论语》杂志里只有谈风月的无聊小品文。鲁迅的《且介亭杂文》中的"且介亭"三字也是一条有趣的谜，谜底是"半租界亭"。因当时他正住在虽不属租界、然洋人跋扈的闸北一间亭子间里。此外，在他用过的一百三十多个笔名中，含有谜意的为数不少。如，"华圉"暗隐"当时中国（华）是个大监狱（圉）"之意，

“莫朕”隐“黑暗之兆”（“莫”通“暮”，“朕”即“朕兆”），以此来揭露当时社会的黑暗本质。又如“晏敖”，隐“被家里的日本女人逐出”的意思。晏，从日从宀从女；敖，在《说文解字》里作“敖”，是游的意思（从出从放）。以此表述他在 1922 年被周作人和其妻羽田信子（日籍）赶出北京八道湾胡同的遭遇。

一代文学大师郭沫若也是猜谜、制谜的行家里手。1925 年他客居上海，闲暇无事时常去“大世界”游乐场猜诗谜，“从那诗谜摊上，每每要赢他一两筒‘白金龙’（一种香烟名）回来”。后来，他在山东为三位古典文学名家纪念堂题写对联，联语中巧妙影射出主人的身世风采，因谜味十足而广受称誉：

大明湖畔，趵突泉边，故居在垂杨深处；

漱玉集中，金石录里，文采有后主遗风。（李清照）

铁板铜琶继东坡高唱大江东去；

美芹悲黍冀南宋莫随鸿雁南飞。（辛弃疾）

写鬼写妖高人一等；

刺贪刺虐入骨三分。（蒲松龄）

端木蕻良也是一制谜大家。1940 年，桂林一家川菜馆开业，堂内高悬一个“文”字谜，要求打《红楼梦》人名一。附注谜赠也很别致，不但可得丰盛川菜一桌，而且能获作者赠诗一首。赠诗也同时悬挂一旁：

未到巫山已有情，空留“文”字想虚名。可怜一夜潇湘雨，洒上芙蓉便是卿。

此正为端木蕻良所作。该谜着实吸引了不少凑热闹的人，为餐馆开业制造了很好的宣传效果。谜面仅一“文”字，大有无路可寻之疑；辅之以诗，便有豁然开朗、柳暗花明之感，谜底“晴雯”也就呼之欲出了。晴即无雨，无雨之雯便是“文”字。此谜面佳、格新、诗奇，当时号为“三绝”。

自新中国成立以后，在党的“百花齐放”方针的指导下，灯谜这一独具民族特色的艺术奇葩，千年老枝绽放新芽，茁壮健康地生长起来。全国各地许多文化宫（馆）、俱乐部相继设立灯谜组，编印了大量的谜刊资料。许多报刊也经常刊载灯谜。50 年代上海、江苏还出版了一些灯谜专著。这时期的灯谜活动，无论是从谜作本身还是从活动形式上来看，都有很多发展和创新。

在“文化大革命”运动中，灯谜文化受到前所未有的摧残，处于风雨飘摇之中。众多灯谜作者、研究者受到迫害，丰富的灯谜资料被销毁或遗失，谜界遭受了一场空前的浩劫。直到“文革”结束以后，灯谜活动方又重获新生，且发展极为迅猛。1979 年国庆，南京举办了为期四天的“九城市灯谜会猜”，获得成功，这是全国首次举办跨省区的灯谜会猜活动。1980年春节，又有福建六城市联合举办“80年代第一春灯谜展猜”活动。自此，全国灯谜活动日趋繁荣，跨省区的谜会活动时有举办。比较固定的灯谜创作研究组织数以百计，遍及全国各地。从大都市到偏远乡村，灯谜活动蓬勃兴起，并纷纷编印谜报、谜刊，以互相交流。

种种统计数字表明，新时期的灯谜活动，无论在谜作的数量、质量上，还是在制谜、猜谜者的人数规模上，或是就灯谜研究的广度、深度而言，都是前所未有的兴盛局面。与其他一些传统艺术形式相比，灯谜可以说是古今皆盛的，当代诸多谜作佳妙处不逊古人。灯谜不因现代生活节奏变快而变浅俗，也未因与当代生活接壤而损格，而是与时代很好地融合在了一起，并因采用了一些现代化手段而影响日巨。

新时期半官方、半民间的灯谜组织迅速增多，表现得非常活跃。1981年5月，福建省漳州市率先成立了文联领导下的漳州市灯谜协会，接着广东、上海、吉林、福建等一些城市或地区，相继成立了灯谜协会。各地举办的大型灯谜活动，自南京谜会以来，又有：九江市的“匡庐谜会”，山东的“青岛谜会”，广东的“汕头谜会”（1982年）；扬州“竹西谜会”，福建“蚶江侨乡谜会”，四川“三苏谜会”（1983 年）；浙江“曹娥谜会”，上海“春申谜会”，“丹东谜会”，“四川谜会”（1984 年）；漳州“金盏谜会”，武汉“黄鹤谜会”，沈阳“盛京谜会”（1985 年）；温州“白鹿谜会”，桂林“漓江谜会”（1986 年），等等。此外，各地还频频举办各种形式的函寄会猜、省际聚猜、猜谜竞赛、灯谜展览等活动，有的还被拍成电视专题片播放，影响辐射全国。

现代化的光电媒体为传统的灯谜活动插上了翅膀。许多电台、电视台相继举办“有奖猜谜”活动，还频频报道谜坛信息，介绍当代谜坛名家。中央电视台自 1983 年开始创办“春节联欢晚会”节目，连续多年都有灯谜活动在内，每次都能够吸引数十万热心观众参加竞猜。1982 年国庆、1983 年元旦，广东人民广播电台连续举办有奖猜谜活动，参加猜射的人数竟分别创出 60 万、106 万的历史纪录。灯谜已经真正地走进民间，实实在在地成为真正属于人民大众的娱乐游戏。

# 三、灯谜三部曲

## （一）好谜无格

纵览我国数千年的谜史流变，以宋代为分水岭，前后有着较大不同。宋以前，猜谜活动基本上没有什么特别讲究，制谜者或为实用或为消遣而即兴发挥，猜射者也便随意而猜。活动规模一般较小，猜者有时是一群人，有时三五人，甚至仅为一人。地点或宴席或朝堂，或家中或户外，情形不一，也就谈不上有什么统一的猜射要求。猜谜者所应遵守的规则，与当时社会对于个人行为规范的要求差不多，如要反应机敏、含蓄幽默，要态度文雅、懂得谦让等等。从《国语·晋语》记载的一则小故事中，可以看出春秋战国时期宫廷贵族们在公开场合猜谜时，是颇重谦让礼仪的。有一次，晋国大臣范文子退朝很晚，父亲范武子问及晚归原因，文子得意地说：

“有个秦国使者在朝廷上出了几条廋词，满朝文武难以答对，结果三条廋词全是让我给猜破的。”武子闻言大怒：“大夫们哪是猜不破，而是为你父兄的缘故谦让于你。”一边骂一边抡起手杖狠力打他，并且气得把头簪都折成两截扔在地上。让范武子恼怒异常的原因，是文子不懂得朝堂上的谦让礼仪，率尔猜射，冒冒失失连破三条，这在当时已是大大的失礼了。

自宋代开始，谜语商业化成为一种强劲的发展势头，商谜艺人为活动制定了极为繁多的猜射规范。如前文所述的正猜、下套、走智、横下等，规则不免琐细。这时灯谜已经出现，作为一种高悬在通衢大道或点缀于街头巷尾的公众活动，受“商谜”活动影响，也有一些猜射讲究。到了明清时期，猜谜活动重又回归到一种自由随意的状态。如在小说《红楼梦》中，几次猜谜活动都是一帮公子小姐闲暇无事一时兴起而筹办的。贾母立意主办的“灯谜雅会”，也只是特地做上一架“灯屏”烘托气氛罢了，具体竞猜时也没有什么特别的讲究。

如今，这一民族珍宝已拂去岁月的尘埃而重现迷人光泽，成为广大人民由衷喜爱、热切参与的一种文化娱乐活动。一般说来，一个灯谜爱好者被灯谜艺术所吸引，总是先由猜谜开始的。而要成为一个善于猜谜的人，首先必须熟悉谜的种类、谜体、谜格以及相应的猜法。优秀的谜手一般都具有丰富的实践经验，能根据谜题迅速地判定谜体，准确地抓住“谜眼”，谜底自然也就呼之欲出了。

灯谜虽是从谜语中分离发展出来的，但它已形成了一整套的制猜规则，呈现出与一般谜语完全不同的特征。它们主要有如下差异：

一是形式结构不同。灯谜的谜面比较简洁、短小，字句精炼，体裁上大多是一两句话或一个成语、一个词组、一个单词，甚至只有一个字，不能有闲文虚字。如“育才有方”(打一字)，谜底为“团”；“斤”（打成语一)，谜底为“独具匠心”。而一般谜语的谜面总的来说比较长，多为四句歌谣，要求通俗易懂，富有节奏感，能押韵，利于口头传诵。如“在娘家青枝绿叶，到婆家面黄肌瘦；不提起倒也罢了，一提起泪洒江河”。打用具一：竹船篙。“南阳诸葛亮，身居中心帐；摆下八卦阵，能擒飞来将。”打昆虫一：蜘蛛。

二是猜射方法不同。灯谜是利用谜面的字义来推导，最终扣合经过“别解”了的谜底的文义。而一般谜语的谜面以生动的语言去描述谜底事物的形状、特征，要求猜者根据谜面所喻示的迹象，运用丰富的想象力去寻思谜底。如同样以“知了”（蝉）为谜底，灯谜和谜语所设置的谜面差别很大。一则灯谜的谜面为“晓得哉”（打昆虫名一），一则谜语的谜面则为：“有翅没有毛，飞着没多高；一到大热天，躲在树上叫。”（打一昆虫）谜语是抓住“知了”这种昆虫的形状特征来进行生动描述的；灯谜只从“知了”的字义（即“知道了”）去扣合谜面“晓得哉”。

三是谜目和对象不同。一般谜语比较浅显易猜，特别是它运用了形象化、诗歌的语言，因而比较适宜少年儿童猜射，而灯谜的制作要求则相对严格。古代的灯谜佳作几乎都是出自文人之手，或是经过了他们的润色，多取诸子百家和诗词文赋中的佳句以为谜材，现代灯谜又增加了中外地名、书刊影剧名、各类事物名及常用语汇为谜材，故而猜射难度较大，要求猜者具有一定的学养，猜起来更有趣味。当然，也正是因为它们本身的难易程度有所不同，所设置谜目的宽狭程度也不一样。谜语中可以笼统地标为“打一物”、“打一自然现象”、“打一日用品”等，灯谜则须具体标明“打一物理名称”、“打一流行歌曲名”等。

特殊形式的谜，是指由一般谜语和灯谜派生出来的一些新谜种，如由灯谜派生出来的实物谜、画谜、哑谜、对联谜、故事谜、印谜、剪纸谜、邮谜、电报谜等，由谜语派生出来的诗谜、词谜、曲谜等。我们将在下一节论述灯谜制作时予以简要介绍。

将灯谜与一般谜语两相比较，灯谜显然要复杂得多。我们有必要了解一下灯谜的各种不同的结构体裁，即谜体。掌握了不同的谜体，猜谜者便会在茫茫谜海中找到一条猜寻谜底的可循之规。

汉字结构之异常复杂，使得灯谜谜体的部类特别丰富。我们根据汉字的义、音、形以及笔画结构，可大致分为会意、离合、谐声、象形四大体类。下面予以分类简介。

会意体多从汉字的字义出发，对谜面中的字词句进行正解、别解、分扣、假借、运典等理解，猜出所扣合的谜底。如，以“晋室南渡”射一汉代人名“司马迁”，以“子治世之能臣，乱世之奸雄”射一教育名词“操行评语”等，便是运典的会意体。

离合体则从汉字的笔画结构特点出发，对汉字的偏旁部首进行分离、合并、增补、减损、重叠、移位等变化，从而得出谜底。如，以“自小在一起，目前少联系”打一字“省”，用了离合手法；以“他去也，怎把心儿放”打一字“作”，用了减损手法。

谐音体与象形体具体运用得相对少一些。谐音体是利用汉字间的同音或近音关系将不同汉字互相替代，从而使谜面谜底相扣。如以“双木不成林”扣一字“相”。象形体则根据汉字的笔画与某些事物外形特征间的相似关系，用形象思维的方法去猜射谜底。如，传说从前有弟兄二人，哥哥是手艺高超的铁匠，弟弟是心灵手巧的鞋匠。弟兄俩辛勤半生，用积攒的资财各盖新屋一幢。两人商议，要在客厅中央悬上匾额，题词要雅而不俗，还得将他们铁匠、鞋匠的行业隐在词中。这一要求难倒了无数的冬烘秀才。后来还真的请到了一位擅于谜道的教书先生，但见他略一思索，便为哥哥题了“二酉堂”，给弟弟写下“甲乙堂”。他对大惑不解的弟兄俩解释说：“这是用象形体制作的两块谜匾。‘二酉’中，一个‘酉’像锻铁炉，一个‘酉’恰似俯视的风箱，都属铁匠必需之物。‘甲乙’中，前者像锥子，后者像皮刀，不是鞋匠还能是谁?”弟兄俩连口称善，重重酬谢了这位先生①。

① 见《灯谜入门》，上海文化出版社 1995 年版，第 164 页。

具体猜射灯谜时，我们发现许多谜条后面还注有谜格。灯谜设格，是借助一定的规律法则来改造谜底，通过对谜底字序的移动、字音的谐读、字形的离合、笔画或字数的增减等手法，使谜底的文义发生质的变化，从而达到与谜面相扣合的目的。凡带谜格的灯谜必须按相应谜格的规定和法则去猜，否则就无法射中。

“好谜无格”，是说灯谜以不用格者为佳，凡灯谜必有体，而不一定设格，但并非所有带格的谜都不是佳作。“格助谜活，格为谜用”，格使一些不能入谜的题材成为谜材，谜格用得巧妙，会使谜作妙趣横生，犹如天造地设一般。从明代马苍山首创“广陵十八格”以来，谜格越来越多，清末民初达到几百个，1926 年出版的韩英麟所著《增广隐格释略》中竟收进 407 格。谜格过于繁杂，使人颇难掌握，故有相当数量的谜格逐渐被淘汰不用。目前在各地灯谜活动中普遍使用的不过二十余格，其中又以卷帘、秋千、徐妃、求凰四大格运用得最为广泛。众多谜格之间，其实是有规律可循的，归纳起来大致可分为移字、拆字、半读、谐读、楹联、其他六类。下面从实用角度出发，介绍一些目前仍在使用的常见谜格，同时也简略介绍一些目前已不常用但仍有存在价值的谜格。

卷帘格：又名“珍珠倒卷帘”。格名据说取典于唐诗“欲卷珠帘春恨长”一句。谜底字数至少为三，以倒读扣合谜面，故字数愈多趣味愈浓。如以“峨嵋”（打成语一）射“名山大川”，谜底倒读可解为“四川境内一座大山的名称”以扣谜面；以“函授”（打常用词一）射“讲信用”，谜底倒读可解为“使用信件来讲授”的意思。

秋千格：又名“转珠格”、“颉颃（取燕子颉颃上下飞翔之意）格”。谜底限定用两个字，倒读扣合谜面。据说是依“汉武帝祈千秋之寿，后庭多作秋千之戏”典故演化而来。既是取“千秋”语转“秋千”来比喻移字之意，又以秋千上下回荡喻格法。这是一种最为常用的格法，如以“今天”（打国名一）射“日本”，谜底逆读为“本日”以扣应谜面；以“六出祁山，九伐中原”（打唐代人名一）射“魏征”，谜面取自《三国演义》中“诸葛亮六出祁山，姜维九伐中原”攻打曹魏的典故，谜底倒读作“征魏”以扣之。

徐妃格：典出于《南史·徐妃传》：“妃以帝眇一目，每知帝将至，必为半妆以候。”其中的“妃”即指徐妃，名昭佩，亦即民间俗语所言“徐娘半老，风韵犹存”中的徐娘。她为曲意奉承瞎了一只眼的梁元帝萧绎，每每只化妆半边脸侍应，元帝知悉情由后大怒而去。后晚唐诗人李商隐有“只得徐娘半面妆”的诗句，故又名“徐娘格”、“半妆格”。谜底至少为两个字，且具有相同的部首，须去掉相同的部首后扣合谜面。如以“必须归去”（打鸟名一）射“鸺鹠”，谜底去掉相同的右偏旁“鸟”后，以“休留”扣应谜面；以“附注”（打动物名一）射“螃蟹”，把“螃蟹”相同的部首“虫”去掉，就成了“旁解”，从而与谜面相吻合。

求凰格：又名“求偶格”。格名典出于汉代司马相如以一曲《凤求凰》琴挑卓文君的故事。要求先以谜面为上联，按字音平仄、字义对仗工稳的讲究逐字对出下联，再在下联附加上具有对偶意义的关联词，如“对、双、偶、匹、配、比、齐、会、合、朋、伍、连、逢、共、同、交、伴、缘、鸳鸯、相会、相对、夫妻”等等。如以“丹心谱”（打五言唐诗句一）射“来对白头吟”，“来对”便是附加词，“白”对“丹”，“头”对“心”，“吟”对“谱”；以“鸟唱歌”（打成语一）射“对牛弹琴”。“牛弹琴”与“鸟唱歌”相对，再冠以“对”字即构成谜底。

上楼格：亦称“登楼格”、“踢斗（取魁星踢斗之意）格”、“饰冠格”、“举趾格”等。谜底为三字以上，须将末一字移作首字与下文贯通读，以扣谜面。如以“放眼全球”（猜哲学名词一）射“世界观”，将“观”移作首字，便读成“观世界”，切合谜面；“矢志从一”（打成语一）谜底为“誓不两立”，按格规应读作“立誓不两”，恰扣谜面。

下楼格：又称“埋头格”、“苴履格”、“饰靴格”、“投竿格”等。谜底须在三字以上，与上楼格相反，要求谜底的首字移作末字后扣合谜面。如以“玉田”（打美术名词一）射“中国画”，按格法要求将“中”字位移到“画”字之后，读成“国画中”方与谜面扣合；以“阳春白雪”打地理名词一，谜底为“寒温带”，须将“寒”字调至后面，读成“温带寒”，从而使底面相扣。

掉头格：也称“掉首格”、“低首格”、“居螺格”、“举头望月格”、“拗项格”、“乙上（据《礼记》载，鱼肠为‘乙’，在此比喻回转移字之意）格”、“睡鸭格”等。谜底在三字以上，前两字互换位置后扣应谜面。如以“国士无双”（打广告用语一）射“信誉第一”，谜面出自《史记·淮阴侯列传》，是萧何赞誉韩信的话，谜底前二字互换，变成“誉信第一”（称赞韩信为第一国士），正好扣合谜面；又如以“丘”打《岳阳楼记》句一，谜底为“山岳潜形”。谜底为北宋范仲淹的名作《岳阳楼记》中句，原文是描写在“霪雨霏霏”的天气中登上岳阳楼，看到远处的山岳都隐没于“薄雾冥冥”之中的景象。这里按谜格要求将谜底读作“岳山潜形”，解作“岳”字中的“山”没有了，正余一个“丘”字。

掉尾格：又称“乙下格”、“卷尾抠衣格”、“郑婢泥下格”等。格法与“掉首”相似，只是将谜底的末尾两字互调从而与谜面扣合。如以“贾政”（打明代学者一）射“王夫之”，按谜格“夫”与“之”互换位置，谜底变成“王之夫”（王夫人的丈夫）。以“犹是深闺梦里人”（打外国影片名一）射“生死恋”。谜面为唐·陈陶《陇西行》中诗句，全诗为：“誓扫匈奴不顾身，五千貂锦丧胡尘。可怜无定河边骨，犹是春闺梦里人。”描写的是奋不顾身保卫边疆的壮士已战死在沙场，可他们闺房中的妻子仍在思念盼望。按谜格要求，颠倒末两字，读成“生恋死”（活着的妻子还在怀恋着死去的壮士），得以底面扣合。

蕉心格：取芭蕉叶心转卷以喻移字，源于古诗“一卷芭蕉细裹心”之句，故又名“卷心格”，亦称“乙中格”、“竖头论沐格”。谜底须用四字以上的双数字，先将中间两字互换位置，然后去读，才能与谜面扣合。如以“柔能克刚”（打外国首都名一）射“温得和克”，按格规中间二字互换后，以“温和得克”扣面；以“傍”（打成语一）射“旁若无人”，交换谜底中间二字，则为“旁无若人”，即“傍”字中“旁”字没有了，余下的“亻”就像一个“人”了。

双钩格：旧时人们常用“∽”符号来改正文字顺序中的笔误，此符号状如两只相连之钩，故以双钩为格名以示移字之用。亦称“己已格”或“颠倒衣裳格”。谜底限定为四字，须将前两字与后两字互换位置方扣谜面。如以“目”（打越剧名一）射“十八相送”，按格谜底应读作“相送十八”，“相”字除去“十”、“八”，正余一“目”字；以“水上人家”（打外国首都名一）射“的黎波里”，按格法应读作“波里的黎”，意即在波浪里生活的老百姓。底面相扣如此紧密，令人叫绝。

辘轳格：谜底字数须为四字以上的偶数，猜射时，谜底的字逢双互移位，即将第一字与第二字对调，第三字与第四字对调……以扣合谜面。如以“暗暗赞许”（打数学名词一）射“中心对称”，按格规谜底应读作“心中称对”，从而扣合谜面；以“冬至一阳生”（打词牌名一）射“应天长慢”，按格规谜底读作“天应慢长”，即白天应该慢慢地变长了，切合谜面。

虾须格：又名“丫髻格”。谜底字数在两字以上，首字须拆成两个字，并与后面的字连起来读，以扣合谜面。过去此格规定唯有谜底首字左右分拆时方可称作虾须格，首字上下分拆的则称蝇头格，后为简便起见统称虾须格。80年代，我国谜界流传着一个与虾须格有关的笑话。某文化宫举办谜会展猜，一个胸无点墨的时髦青年也来附庸风雅。当他走到一条谜面是“妆罢”的谜条时，对周围的人吹牛说：“这条谜嘛，好猜，容易！”旁边的工作人员立即为他发奖，因为这条谜的谜底正是“容易”。他的不凡身手引起了众人注意，有人请他猜一条带虾须格的重奖谜，谜面是“哑姑娘”，打成语一。他强作镇静，顺口应道：“这条谜嘛……制得妙哇，真是妙不可言！”居然再次“猜中”获得重奖。原来，“妙不可言”的“妙”字可拆为“少”、“女”二字，这样分拆后变成的“少女不可言”，正好对应谜面“哑姑娘”。这恰与虾须格的要求是契合的。当然，幸运并不能总是撞向无知的“谜盲”，这则笑话的结局便是青年终于出丑，栽在一条不带格的普通灯谜上了。

燕尾格：又称“燕剪格”、“鱼尾格”。谜底的最后一字须左右分拆成两字，方能扣谜面。最末一字上下分开称“蜓尾格”，现在也经常被并入燕尾格。如以“东风不与周郎便”（打成语一）射“金屋藏娇”。谜面为唐代诗人杜牧《赤壁》诗中的第三句，第四句为“铜雀春深锁二乔”。意即在赤壁大战中如果没有东风帮助周郎，那么结果将是东吴的两个美女大乔和小乔被曹操掠到铜雀台，纳入深宫了。谜底按格法分开最后一字后，可读为“金屋藏乔女”，恰好扣合谜面。另有蜂腰格、碎锦格与燕尾格相似。所不同的是，蜂腰格谜底须为三字以上的奇数，中间一字上下或左右分读（亦有称左右分拆为展翼格的，今多混同为一）；碎锦格则将谜底每个字都分拆作两个或三个字，以扣谜面。如以“隆中决策”（蜂腰格，打地名一）射“三岔河”，按谜格读作“三分山河”以扣谜面；以“众口一词”（碎锦格，打邮电用物一）射“信筒”，按谜格谜底应读作“人言个个同”，从而扣合谜面。

白头格、粉底格、夹雪格、梨花格等，皆属于谐音类谜格。白头格又称“皓首格”、“雪帽格”、“戴雪格”、“素冠格”、“寿星格”等。谜底中首字须读成谐音（即白字），以扣谜面。如以“走读”（打哲学名词一）射“形而上学”，可谐读为“行而上学”以扣面。粉底格则是将谜底中的最后一字读作谐音方扣谜面，又称作“素履格”、“白足格”、“踏雪格”、“立雪格”、“履霜格”等。如以“黑旋风扯诏”（打古人名一）射“李斯”，谜底谐读成“李撕”扣面。夹雪格又名“素心格”、“玉带格”、“素腰格”等，要求谜底中间一字谐读后扣面。如以“从此替爷征”（打工业机械名一）射“千斤顶”。谜面为古诗《木兰辞》中诗句，意为花木兰替父从军之意。谜底依格可将“斤”谐读变作“金”，即“千金顶”，从而扣合谜面。梨花格又名“谐音格”、“白字格”、“全白格”、“飞白格”、“玉冰格”、“粉面格”等。格名源于唐诗人岑参《白雪歌》中名句“忽如一夜春风来，千树万树梨花开”，取“梨花满白”之意。要求谜底全部以谐读替换成白字。如以“速写”（打职业称谓一）射“会计”，须以谐音换作“快记”方扣谜面。宋代一则古谜现在亦可视作运用了梨花格的扣合方法，谜面“佳人佯醉索人扶”射一古人名“贾岛”，谜底须谐读换作“假倒”方扣谜面。

骊珠格：又称“探骊格”，形式较为特殊。一般灯谜皆标谜目，唯独此格不标出，而是将谜目隐蔽在谜底之中，将二者有机地结合在一起，连贯成义以扣合谜面。骊珠格名，即取“探骊得珠”之意。如“吾”谜底为成语“有言在先”。谜面只有一个“吾”字，若在前面加一个“讠”字旁，就构成了

"语"字。"成语"即谜目，与"有言在先"融为一体，以扣谜面。

说起骊珠格，前些年也曾发生过一个有趣的故事。在一次省级猜谜竞赛中，当谜板刚亮出抢猜题"走读（骊珠格)"时，一谜手应声报底"行为学"。主持人宣布说："错了！正确的谜底是'行当·生'，扣去10分!"随即介绍了骊珠格的特殊要求。这则谜的谜目是"行当"，谜底是"生"，原意指戏剧中"生"这种"行当"，"行当生"一经连读，则别解为"行走着当学生"来与谜面相扣。抢答谜手为自己没注意到谜格而懊悔不已。但他毕竟是久经谜场，很快就看出了门道："我的'学'也是一种'行为'，'行为·学'也是谜目谜底并出来扣谜面的呀!"最后只好交赛会评委决断。评委们经过讨论认为谜手言之成理，而且略胜原底一筹，便当场宣布猜对得分。全场报以热烈的掌声。

回文格：回文格也是一种有趣的格法，又名"织锦格"、"璇玑格"。格名与古代曾颇为盛行的回文诗有关。如相传宋代苏轼曾作过这样一首诗："赏花归去马如飞酒力微醒时已暮"。这14个字利用回文形式可读成一首非常巧妙的七言绝句：

赏花归去马如飞，
去马如飞酒力微。
酒力微醒时已暮，
醒时已暮赏花归。

回文格法规定谜底须先顺读再逆读，两次读的意思连接起来以扣谜面，犹如回文诗首尾连贯而成章。如以“猜谜能手射灯谜”（打《水浒》诨名一）射“打虎将”，按格法须读成“打虎将将虎打”以扣合谜面。

谜格是灯谜艺术高度发达的结果。谜格的使用，使一些难以入谜的词句经过适当的调整变换，构制出恰当的谜面、谜底，从而开拓了谜材，增强了谜趣。当然，灯谜用格总难免有削足适履之感，谜格的繁多也给猜射者带来一定的困难，容易望之生畏。其实，最常用的谜格亦不过如前所述的四五种，作为猜射者来说，只要熟悉了这几种谜格规则，猜射时不仅不会茫然无从，反而容易在既定限制内探寻出谜底来，自有顺藤摸瓜之趣。作为一个灯谜爱好者，适当地学习、掌握一些常见谜格，了解一下历史上谜格的流变情形，还是颇有收益的。

## （二）与虎谋皮

一般说来，猜谜活动是由谜面推敲谜底，制谜活动则是由谜底出发去构思谜面，亦即谜家们常说的“为虎谋面”、“与虎谋皮”。一个灯谜爱好者参加猜谜活动次数多了，随着猜谜技艺的提高，灯谜知识的积累，就会慢慢地对制谜活动产生浓厚兴趣。而就灯谜活动的实质而言，总得先有人制谜，然后方能有猜射活动发生。历史上有过几多灯谜趣话，现在人们有偌多佳品妙作可供猜赏，制谜者可谓功不可没。正是众多谜家的巧心苦思，才使得中国历史上的灯谜文化分外璀璨夺目。

几千年的谜史告诉我们，谜文化繁荣的基础是民众的广泛参与，其标志则是名家名谜的大批涌现。自宋代灯谜勃兴，谜条被堂而皇之置于通衢大街任各色人等随意猜射，人们制谜就注意到了一定程度的通俗性，使文化程度不高的人也可以参与。如旧时文人制谜，一般都是选用《三字经》、《神童诗》、《千字文》、《千家诗》、《唐诗三百首》、《古文观止》等文本，这都是过去流行的启蒙课文或普及读物。在后世常被用以搜寻谜材的“水浒”、“三国”、“红楼”、“西厢”等，也都是万人传诵的古典通俗名著。有些文士在吟诗撰文时好用僻典，而一旦制作起灯谜来却不会“掉书袋”，用僻书枯典来炫耀学识，刁难别人。宋代文学家黄庭坚，其诗文向以用典冷僻著称，可所作之谜则基本上都用俗面俗底。如他用会意手法创制的一则灯谜：“驴耳对轩轩，争酬价十千。眈眈两虎视，不值一文钱。”谜底为当时俗用词：贵耳、贱目。

有时，一则佳谜的制成，融合了制谜、猜谜双方的集体智慧，常常会发生“让底”的趣事。此类事例在谜坛上比比皆是，古今都有。清朝末年，在山东潍县举办的一次元宵灯会上，有人以“宀”为面，打《论语》两句求射。有人答“牢曰，牛何在”以破之。在即将领取奖品时，人群中忽听有人喊道：“且慢！我打‘祭如在，必察焉’。”引得全场掌声一片，交口赞誉。主持人便给两人各颁一份奖品，后者尤重。1979年国庆节，南京市举行九城市灯谜会猜时，有以“卷我屋上三重茅”为面，打成“秋风过耳”一谜，有人以“风吹草动”报猜，主持人深为叹服，遂酬以双奖。

上述两则趣闻，是猜出之底较原拟谜底更胜一筹，故按谜坛通例，理应“让底”承认猜中。解放前，上海一家小报还发生过一件制谜者心中本无“底”、猜射者巧配谜底的奇事。这家小报设有“每日一谜”专栏，谜底次日揭晓，猜中者前20名有奖，以此吸引了不少读者。一天，制谜者因病住院，事前未留下谜稿。时已傍晚，排版在即，编者决定拟一谜以代替。但苦思良久，仍未有满意之作。正在焦急万分之际，有人递给他一封家信。于是，编者随手写下杜甫诗句“家书抵万金”作为谜面，猜成语一条，嘱即付印。当时纯为应付，其实他也不知道谜底该是哪一条成语，准备留在夜间和第二天从容思考，若无合适谜底，只好先不揭晓。不料第二天出报不久，电话就来了，有人猜为“轻财重信”。编者闻听，拭罢额头汗水，不禁拍案叫绝：“真是玉匣子底配上了玉匣子盖!”当代谜坛宿耆张亚谟先生也曾以自己姓名为底，征得“佳面”。原来，张先生在庐山谜会后，先后以诸谜友姓名为底，制作出近百条谜人姓名谜，开创谜坛先例，引得不少谜家纷纷效仿，然而他自己的名字却从未入谜。一天，谜友欢聚，张老以自己姓名征求谜面。汪永生先生才思最快，随口吟道：“开口欲言，有口难言，不如不言。”这三句一气呵成，形象生动，将“张亚谟”三个难以入谜的字用三种不同手法扣在谜内，逗得张老拊掌大笑。①

谜在谶谣、隐语、谜诗的“谜语”阶段，制谜多与宗教心理、政治需要有关，自然无暇顾及语词修饰，谜作大多粗糙不堪，甚或牵强附会。当它成为文人间消遣斗智的一种娱乐形式时，其制作始日见工巧。灯谜问世后，更是朝着规范化的方向迅速发展，在制作上特别注重凝练，讲究严谨。因为猜射一般谜语时，多是家庭式松散聚猜的形式，说谜者可以用说话声调、表情、动作进行一些暗示，以便于活动的顺利进行。灯谜则具有公开张贴的特点，制谜者无法与猜射者交流，不能以种种暗示弥补谜艺制作之不足。也就是说，灯谜制作必须讲究准确、规范，否则就会导致整个活动的失败。因为猜谜有误，尚可再猜；制谜有误，别人就无从猜起。于是，在漫长的灯谜发展史上，一些关于制谜的规则要求逐渐为人们约定俗成。主要包括以下几个方面。

第一，要以文义入谜。灯谜与谜语的根本区别，就在于它是一种“文义谜”，不以文义入谜就不能算是真正的灯谜。如某报曾刊登过这样一条谜：“点心，但决不能吃”（打日用

---

① 林春增：《中华谜语趣话》，学苑出版社 1995 年版。

品一：蜡烛)。它显然不是以“蜡烛”二字的“文义”入扣，而是采用了民间谜语的创作手法，暗示了蜡烛这个用物的特征（点烧烛心)。这就不能称作灯谜，只可算是一般谜语。再如以“三头六臂”打《西游记》人物名一“哪吒”，也不能算是灯谜。因为在字形、字义上，“三头六臂”与“哪吒”间并没什么必然联系。但如果更改一下谜底，以“三头六臂”打常用词语一“多面手”，就是一则符合要求的灯谜了。

第二，尽量运用别解。“谜贵别解”，在灯谜制作的过程中应尽量运用别解。什么是别解？别解就是利用汉字的一词多义、顿读变化等各种特点使谜底（有时也指谜面）不照本意解释，而另作别的解释。灯谜的艺术魅力和无穷趣味，在很大程度上是取决于对别解的巧妙运用。甚至可以说，不用别解就不能算是真正的灯谜。据说，是隋朝秀才侯白制作了“子在，回何敢死”一谜，才开创了后世别解成谜的先例。有一次，侯白陪同越国公杨素并马而行，见路旁有一株枯死的槐树。杨素戏问：“侯秀才有过人才智，能否让这棵树活转过来?”“能。”“用什么办法?”“拿槐树籽来挂在树枝上，就能活过来。”杨素惊问缘由，侯白答：“您没听《论语》上说吗，

‘子在，回（槐）何敢死?’”① 喜爱制谜者不可不注意“别解成谜”。

第三，谜面须成文。所谓谜面成文，就是除了谜面为一个字的灯谜外，所有的谜面都应该有一定的文义，而不应该是汉字的简单堆砌。谜面若能巧用成句（诗词原句、文章摘句、成语等）时，尤以为佳。如有人以“旦重”打成语“一日千里”，以“一日”扣“旦”，以“千里”扣“重”，可谓扣合严谨；但谜面只是把两个汉字随意拼凑在一起，因此算不得灯谜。更有一种以叠字组面的“笨谜”，尤为可笑，实在不足为训。如以“阀阀阀阀”打一京剧名“杀四门”，以“位位位位位”打一春秋战国人名“伍员”，以“泳泳泳泳泳泳”打一宋代诗人名“陆游”等，谜面既不成文，纯以扣合招摇，谜趣顿失。还有以 7 个“浑”字猜京剧名“水淹七军”的，以 12 个“袭”字猜京剧名“打龙袍”（12 个为一打）的，以 18 个“赠”字打一越剧名“十八相送”的，更是匪夷所思。

第四，谜面无闲字。灯谜的谜面必须字字有着落，全部扣合于谜底，绝不允许出现无用的闲字。因此制谜时必须字

---

① 隋·侯白《启颜录》。

斟句酌，仔细推敲，去掉一切不必要的闲字。如有人制谜以“转怒为喜”猜京剧名“收严颜”。“收严颜”原意是指三国时张飞进军巴蜀的路上用计谋收服川中名将严颜一事，这里别解为“收敛起愤怒的容颜”。但“收起怒颜”并没有露出“喜颜”的意思，所以“喜”属于无从扣合的闲字。若将谜面改为“息怒”2字，底面扣合便紧凑了。

第五，底面不能相犯。制作灯谜，不允许在谜面中出现谜底里的字，即谜面不可以露底。过去曾有种谜格叫“泄白格”或“露春格”的，允许底面间有个别的字是相同的，但这类谜格现在已摒弃不用。“底面不相犯”已成为制谜、猜谜双方的约定规则。如以“悬崖勒马”射国名“危地马拉”，便“底面相犯”，不合规俗。可考虑改谜面为“悬崖勒缰”。

以上所述，只是制作灯谜的一般规则要求，要想创制出佳谜妙作，尚须多下苦心。在确定谜底、选择谜目、配制谜面等几个重要环节中，取材要得当，立意要新颖，构思要巧妙，用词要精准，使全谜既具文采，又兼字字不闲，得丝丝入扣之神韵，猜破后仍觉余香满口，留有无穷回味之余地，如此方可得列谜中上品。

如有一谜，以“客从何来”打毛泽东诗词句一：东方欲晓。该谜谜面取贺知章诗意，乍看与谜底之意似乎风马牛不相及。猜者须将谜面视为主人在接待客人时所做的提问；再将谜底“东方欲晓”别解为“作为主人（东）的一‘方’所想要知道的”。曲径通幽，恍然大悟，顿觉底面生动，扣合天衣无缝。

再如，在1984年除夕的中央电视台春节文艺晚会现场直播中，主持人曾出过这样一个谜题：“人人树立四化志”，打一字。谜底是“德”。该谜显然运用了传统的拆字离合手法。先以“人人树立”扣“彳”，正是惟妙惟肖；“四化志”即将“志”字分化开来，将“四”字嵌入中间；最后合成一个“德”字，拼拆手法颇显智巧。该谜不仅艺术构思好，思想立意亦是绝佳。兼顾两方，且达到如此浑然和谐的境界，着实难得。①

在具体承办灯谜活动时，所制谜作除本身讲究扣合贴切、艺术性强以外，还要注意应针对猜众设计出适宜的难度。猜众在猜射之前，往往都各有其心理期待视野。面对诸多谜作，倘若他不假思索就能很快地一一猜破，必然会兴味索然；但

① 见《灯谜入门》，上海文化出版社1995年版，第83页。

谜语太难以至于让在场人士谁都难以猜中，活动自然也就不能获得预期的成功。况且，谜面扣合谜底一般只需转一个弯即可，若转弯太多就会显得晦涩，谜作本身也算不得妙品。这方面的例子很多，如以“九天”（打地名一）射“包头”，许多人别说去猜射，就是谜底揭晓后也还是看不懂。它是用“九天”来扣“旬少一日”，再由“旬”少一“日”推导出“勹”，最后由“勹”来猜“包头”（“包”字的头部）。如此制谜，自然“知音”难觅。据说著名学者胡适曾制作过一则难猜之谜，刊载于《沪报》副刊。谜面为杜甫《登高》诗第三句“无边落木萧萧下”（打字一：日）。以南朝（宋、齐、梁、陈）两个王朝的朝廷都姓萧，“萧萧下”的朝代是“陳”（“陈”的繁体字）；“无边”，别解为去掉偏旁，余“東”字；“東”减去“木”，便只剩一“日”字了。该谜虽用语典雅，扣合紧密，但涉典冷僻，颇觉生涩牵强，让人无法会意。内中诗兴谜情因之大坏，如陈雨门先生所叹，“只能使射者如入五里雾中，乐事反而成苦事矣”。

新时期的灯谜制作活动，不仅对旧有体格有着较好的沿袭继承，同时也有所创新。有些新体格还在社会上颇具声势。比如，有一种“剥光体”制谜就很是巧妙。它通过步步抵消，谜底将谜面层层剥光，故得名。著名例谜有：

碧空（打中药名三：白芨、王不留行、滑石）

淡（打医学卫生名词三：脱水、消炎、净化）

闪光（打口语二：没门、丢人）

件（打俗语三：丢人、出丑、拆空）

昔时人已没（打礼貌用语一：借光）

尖（打食品名三：小排、大排、光面）

人生（打食品名三：牛排、大排、光面）

“碧空”谜中，谜底“白芨（及）、王不留行”，再“滑”落一“石”，几经拆卸，谜面中的“碧”字不就“空”了吗？“淡”字谜中，“淡”字经“脱水”、“消炎”后，就干干净净“化”得无影无踪了。“闪光”谜与“碧空”谜有同工之妙，“件”字谜以“丑”代“牛”，借“拆空”二字完成谜意。“昔时人亦没”谜中，“昔时人”扣“借”，“已没”扣“光”，扣合极是紧密。“尖”字谜颇有奇趣，“小排、大排、光面”，意即将“小”字、“大”字排除出去，谜“面”便“光”了。最后一谜，乍看与前者相似，有拾人牙慧之嫌，但化“人生”为“大牛”，别具巧思。剥光体谜作一般都新颖别致，诙谐机智。猜射时要多费周折，别具慧眼。如果一时不能猜出，等着看谜底，也会兴趣盎然。

除了我们常见的文字谜外，还有一些谜面是特殊形式的灯谜。如无字谜、彩字谜、哑谜、外文谜、数学谜、画谜、印章谜、棋谜、实物谜、拼音谜、邮谜、声像谜、故事谜等，谓之“花色灯谜”。这不过是作者结合一些相关的知识、规则，巧借外物环境而制谜。猜射者只要找到“谜眼”，顺藤摸瓜，就会感觉特别易猜。制谜者只要大胆设想，精运巧思，也就不难构制。

无字谜，是指谜面空白没有文字的灯谜。这类空空如也的谜乍看上去荡然无物，似乎无从猜起，其实它的扣法局限得很，谜底总离不开“空”、“白”、“不”、“无”、“没”等表示没有的意思。比如一张空白的纸条，若打《水浒》中一人诨号，谜底便是“没面目”；打《西游记》中一人名，谜底则为“悟空”；打一成语，谜底是“一纸空文”；打一戏剧用语，谜底为“独白”；打一字，谜底为“迷”字（“谜”而“无言”）；打一食品，谜底即为“光面”等。若悬两张空纸条，打白居易《长恨歌》中一句，谜底就是“两处茫茫皆不见”。还有彩色无字谜，如以一张空白的红纸条，可打一中药名“一片丹”，等等。

彩字谜是把谜面上的文字用彩色笔来写，谜底扣合的内容则与这种色彩有关。其中最常见的是用红色墨水书写的谜面（古时用朱粉书写），称为“红谜”或“红虎”。猜制这类谜时，除正常地由面扣底外，还要在谜底里加上“红、丹、朱、赤、绛”等字样，来对应谜面中的红色特征。如以“卉”（用红笔书写）打国际组织一，谜底便为“红十字会”；以红笔书写的“人工合成”打《水浒》人名一“朱仝”等等，便是如此。也有用其他颜色书写谜面的，如以“皮夹”（用绿色书写）猜影片名一“绿色钱包”；用“左顾右盼”（用黄色书写）猜食品名一“两面黄”等。不过，还是以红谜居多，一则是“红”的同义词、近义词较多，容易成谜；二是因为我国向来以红色为喜庆色彩，能很好地渲染、衬托谜会的欢乐气氛。谜界俗约不以黑色入扣，因为一般灯谜皆以黑色墨水写就，若许黑色入谜就会与常规灯谜相混淆，故彩字谜中应排除黑色。

哑谜，是以实物作谜面，猜射时也不需要用语言，而是用动作来猜射，这个动作就包含了所隐射的谜底。如，桌子上有两只杯子，一只盛半杯开水，一只盛半杯牛奶，要求做一动作，打成语二。该谜设计的谜底是：猜射者先将半杯开水倒入半杯牛奶中，然后端起来一饮而尽，以扣应“水乳交融”、“一干二净”（“干”指干杯，“二净”解作两个杯子都干净了）。

动作谜、实物谜都与哑谜类似，只是动作谜是以动作作为谜面，猜者可用语言报出谜底，而实物谜虽也以实物作谜面，却不以动作为谜底，仍是猜者用语言报出谜底。相传，北宋的佛印和尚曾向苏轼展示250枚小钱，被苏轼猜破为书名“千字文”（一个小钱上有4个字，加起来1 000个字；文作一文钱解），这便是一个实物谜。又如出谜者怀抱吉他，边弹奏边走到室外，要求猜者根据他的动作猜一成语——“挑拨离间”（“间”别解为“房间”），这便是一则动作谜。

外文谜堪称是“洋为中用”，其特点是以外语构制谜面。最早试制者是清末著名谜家张起南，他以英文“GOOD MORNING”打一字，谜底为“谭”（西言早）。外文谜的兴盛繁荣，却是在新中国成立以后，尤其是在新时期。如以“Male”（打京剧名一）射“英雄义”，因谜面在英文中有“雄性”的意思；以“TpN”（打影片名一）射“苏小三”，因为谜面是俄文小写的“三”等。此外还有日文谜、法文谜等。

数学谜，是指用数学的算式符号或数字作谜面的灯谜。

如以“十一×”（打成语一）射“支离破碎”，因为谜面从形象上看正是“支”字的分离破碎；以“十一×÷”（打政治名词一）射“分裂主义”，因为谜面可以看作是由“主义”二字分裂而成；以“$1\ 000^2=100\times100\times100$”（打成语一）射“千方百计”（一千的平方用百来计算）等。

其他如画谜、拼音谜、印章谜、邮谜、声像谜、故事谜等，其制谜方式与上述“花色灯谜”的性质是一样的，只不过它们借用的是图画、拼音、录音、故事等形式。值得注意的是，各类花色灯谜的制作固然要独出心裁，讲究特色，但不可一味追求形式之花哨离奇。它必须严格遵循以文义别解扣合面底的制谜原则，否则将自取其败。

## （三）半纸谜赠

一次比较完整的灯谜行为，应该包括如下环节：制谜者隐下谜底，提供（比如张贴、悬挂）出带谜面谜目的谜条，有谜格的还须注明谜格；猜射者循其蛛丝马迹立猜漫射；一旦猜中，可当场从灯谜主人那里领取奖品，谓之谜赠、谜彩。一般说来，谜赠的发放便意味着一次灯谜行为的结束。赠彩，过去通常是文房四宝类“得不为贪，取不伤廉”的小玩意，现在则五花八门，没有一定之规。有的谜条会在上面注明赠品，这种谜赠一般比较贵重或特殊。谜赠习俗在历史上是自然产生的，有着一个约定俗成的过程，现在则几乎在所有的灯会谜社活动中通行。

有着明确的现实功利性、与政治密切相关的上古隐语、廋词，还谈不上谜赠问题，尽管猜射者或许从隐谜制作者那里能得到远比一般赠品更为丰厚的利益。比如春秋时期“麦曲河鱼”一事，萧国大夫还无社猜中楚国大夫申叔展的隐语，按其提示藏身井里，得到申叔展的救助从而逃脱大难，保全性命，但申叔展的救助行为却并不是对还无社猜谜成功的奖赏，而完全是出于一种故交情谊。后来有些大臣以隐谜讽谏君王，君王猜其谜意而幡然醒悟，这种“醒悟”也很难说就是以谜进谏者为君主提供的“谜赠”。

大约在公元547年左右，历史记载中出现了首例谜赠。一次，北魏孝文帝拓跋宏与臣下王肃、李彪、甄深、王勰等在宫廷宴饮，举酒即兴出谜：

三三横，两两纵，谁能辨之赐金钟。

明确声明谁若猜中，谜赠是金质酒盅一只。谜底实为一“习”字。“习”的古体为“習”，在以前的铜器铭文、简书刻辞中皆从“羽”从“日”，拆开来正是三个三横，两个两竖（纵）。御史中丞李彪、尚书右丞甄深随即以诗作答。

李彪：“沽酒老妪瓮注瓨，屠儿割肉与称同。”

甄深：“吴人浮水自云工，妓儿掷绳在虚空。”

李彪以卖酒老妇人熟练地把酒从大瓮注入小瓨（小口陶器），屠夫割肉斤两随心如意，衬托出熟习之“习”。甄深则以吴人善泳、绳妓艺精托露“习”字之意。王勰老老实实地回答：“臣现在总算猜出来啦，是个‘习’字。”孝文帝就把金盅赐给了李彪。满朝文武都很佩服李彪的聪明智慧，并且认为甄深应对得也十分快捷。

孝文帝出谜让群臣猜射的背景，是他刚与王肃讨论了胡汉饮食习俗的融合问题。他出这个“习”字谜，并特设“金盅”谜赠，是以此暗示群臣不要反对改革与汉化措施，也不要将汉化责任推到王肃一人身上，只要自觉接受，一切自会相沿成习。历史上这第一例谜赠的出现是颇不寻常的。

按照明代著名文学家李开先的说法，自宋元以来，每当元宵佳节来临，一些大都市里流行着这样的习俗：一个主持谜会的人，将谜写在纸片上，让几个人在街巷里往来传播。人们不分老幼都可拥聚猜射，猜中者就会得到相应谜条。凭此谜条，猜中者被请入预备好的酒席上入座，主人敬酒祝贺他猜谜成功，各个尽欢而散。这真是个集聚谜友的好办法，高朋满座举杯豪饮的同时，也痛痛快快交流一番谜艺长短。末了李开先还声称，当时即便在穷乡僻壤，这种习俗也照样盛行。

清朝时，谜赠比较规范。据记载，当时的谜赠种类很多，并且大有讲究。

> 灯谜本游戏小道，不过适兴而成。京师、淮扬于上元灯篷，用纸条预先写成，悬一纸糊长棚，上粘各种，每格必具，名曰“灯社”。聚观多人，名曰“打灯虎”。凡难猜之格，其条下亦书打得者赠某物，如笔墨、息香、白扇之类。①

> 好事者巧作隐语，拈诸灯。灯一面覆壁，三面贴题，任人商揣，谓之打灯谜。谜头皆经传、诗文、诸子百家、传奇小说，及谚语、什物、羽鳞虫介、花草蔬药，随意出之。中者，以隃麋（墨）、陟厘（纸）、不律（笔）、端溪（砚）、巾扇、香囊、果品、食物为赠，谓之谜赠。②

看来，当时只有难猜之谜才有谜赠，而且还要在条下明明白白写上打得者赠某物，一般也就是文房四宝、巾扇香囊一类

① 清·刘廷玑：《在园杂志》。
② 清·顾禄：《清嘉录》。

文化雅品。在江南地区，谜赠物品更是多种多样，已与今天所设相差不大。

清代一首佚名小诗将时人猜谜情形写得最是传神逼真：

几处商灯挂粉墙，人人痴立暗思量。秀才风味真堪笑，赠彩无非纸半张。①

诗中猜射者为博半纸“赠彩”，个个站立灯前心无旁骛，目不斜视，一副如痴如醉模样。从该诗的调侃语气猜度，作者好像也是一位热衷谜道者，绞尽脑汁几番思量，正对着手中的战利品——几张谜条——而大发浩叹。

清代私下自设谜赠的情形也不少见，或为奖励学问，或以夸耀资财，或只为一时兴头。大学者俞樾晚年很喜欢制谜，在接待前来求教的弟子时，每每出谜让他们猜，一旦猜中，其谜赠一律是“饷以藤花糕”。② 老先生制谜很有特点，每每涉及天文地理、经史子集，杂以诙谐之语，所用谜格不出解铃、系铃二格。《俞樾全集》中专门有一卷是《隐书》，计有灯谜100条，其中不乏有用典自如、浑成贴切者。如，以“虞美人”射一字“翣”（项羽之妾）；以“即从巴峡穿巫峡，便下襄阳向洛阳”射春秋人名一“杜回”（杜甫回转）；以“申正三

① 转引自钱南扬《谜史》。

② 费只园：《夕近楼谜乘》。

刻”射一字“酱”（将到酉时）；以“九十九”打一字“白”（加一为百）等等。其中文字最多的一则谜语，谜面竟达73字之多。看来，弟子们要想得到恩师的藤花糕，也不是那么容易的。

乾隆初年，曾有一扬州盐商以昂贵谜赠设哑谜任人猜射。如，在堂中悬挂魁星、土地像各一，燃烛于魁星前，旁置绢两匹——射《四书》两句。射者可将蜡烛移到土地像前，取绢而去。因为世间称魁星主管人间恶事，土地主管人间善事，故这两个动作正喻示了“隐恶而扬善，执其两端也”二句。又如，以玉盘盛银罗汉，射《千家诗》一句。射者可将盘旋转一周，取赠品默然而出，以此动作对应“银汉无声转玉盘”句。还有一谜，则如演戏一般。大厅上设有丰盛筵席，招来歌妓，在屋檐角上悬灯，庭院中系马，射唐诗两句。射者只须大摇大摆进去，吃饱喝足，请歌妓扶他上马，回鞭打掉檐前灯而去。以此对应“醉后玉人扶上马，珊瑚鞭拂画堂灯”诗句。极尽声色犬马之乐，真可谓无奇不有。

上列数谜，按谜之分类应属“花色灯谜”之类，其赠品亦可谓“花色谜赠”。其佳妙者，匠心独运，巧借外物环境以入谜，足可启迪灵智，发人深思。据说明朝著名画家祝枝山和文徵明，某年在苏州玄妙观赏灯时，曾猜过这样一则谜语。

场景是：鸟笼两只，笼中有鸟，笼下挂钱，注明各打衙门行为一种。文徵明略一思索，即取下钱笼于袖中，然后打开鸟笼，放鸟飞去。祝枝山急忙赶到另一鸟笼前，也将钱取下，然后将鸟掐死。以此对应“得钱买放”、“谋财害命”。此谜讽刺意味深刻则深刻矣，却总觉有虐杀动物之嫌，美中不足。

现代灯会上，这种以实物作谜面的哑谜也颇受欢迎。整个活动的魅力可能正在于这种戏剧性效果：猜射者心有灵犀不言不语，以做动作报猜谜底，然后自取谜赠悄无声息地离开，主人、猜者、观者则自始至终心存悬念。如在某地元宵谜会上，曾有这样一则标明是即物赠的哑谜：桌面上放一本打开的《苏东坡全集》，要求通过一个动作，扣合隋唐人名一。该谜最终由一位老人猜破，他走上前把书一合，拿了就走，暗扣“盖苏文”。谜赠自然也就是这本“合盖”起来的《苏东坡全集》。

晚清时期，上下皆好谜道，以厚设谜赠为雅事。据说慈禧太后喜制灯谜，谜赠出手也比较大方。凡她认为制作比较满意的灯谜，谁若猜中，每张谜条一律赏银50两。洋务大臣张之洞亦曾巨赏悬猜。他所制谜条中只有一字，以“淵（‘渊’的繁体字）”射《诗经》句一，射中者赠白金50。钱念劬以“秉心塞渊”获取重奖。将“秉”字的中心部分塞入

“渊”中间，从而扣合谜面。

近代还流传着一个“破谜人赠福，制谜人受赠”的奇怪故事，颇是曲折有趣。岭南人吴殿邦，既善绘画，又写得一笔好字，平时最喜猜灯谜。有人造了一幢大厦，欲以大笔润金请吴殿邦写一个“福”字，但吴就是不肯。有一戚姓者知道了此事，便对闷闷不乐的主人说，此有何难，我有一法，包你得到这个“福”字。元宵节将临，满街上都贴满了布告，说某地新居落成，特办谜会，欢迎各地高手前去猜射。吴殿邦见后，不觉谜兴上来，等到了这一天，便趁着月色前去猜谜。一路过关斩将，谜兴渐浓，当步入后堂时，见里面设有一桌丰盛筵席，堂中壁上有一个“灾”字，另外放有若干银两和大红京版笺一张，并且在旁边写着：打俗语两句。吴殿邦略一思索，便欣然入席，吃罢，将银两揣入怀中，又将一“灾”字撕毁，然后握笔在大红京版笺上写了一个很大的“福”字。掷笔一笑，欣然而归。原来，这次谜会就是那位姓戚的人所布置的，那两句俗语的谜底是：“得人钱财，与人消灾”，“食人酒肉，赠人作福”。①

---

① 见《灯谜入门》，上海文化出版社1995年版，第153页。

# 四、灯谜与社会

## （一）鼓动宣传

虽然灯谜主要是一种猜智逗趣的娱乐活动，但因它具有深厚的群众基础与特殊的鼓动宣传作用，故与政治有着千丝万缕的联系。兹从四个方面论述如下：

1. 世道有变，谶谣先起

谜语与宗教迷信思想结合在一起，形成了我国历史上久盛不衰的谶谣之风。谶谣本是产生于上古社会时期，与当时流行的万物有灵观念及相应的巫术行为有关。后来，封建统治阶级有意加以利用，将它作为争权夺利、巧取豪夺的工具。他们在尚未窃取国柄之时，往往煞费苦心制谜作谶，广泛传播以造声势，为日后登基预作舆论准备。在中国漫长的封建社会历史上，几乎每一个开国皇帝都曾热衷于制作谶谣的活动。不仅是汉族帝王，就是周边一些少数民族的政客也谙熟此道。试看以下数例：

南北朝时期，羯族人石勒为郭敬部下时，流传着一首意味深长的谶谣：

> 革在左，力在右，讓（“让”的繁体字）无言，或入口。

这明明白白就是在呼唤“（石）勒襄国（旧为“國”）。后来，石勒也果真“应验”建立起后赵政权，还特别选定襄国（今河北邢台）为都，以示谶谣预兆之丝毫不爽。

南北朝后魏末，又有谶谣为高洋“受禅”即位做宣传

> 后魏末，文宣（高洋）未受禅时，有童谣云：“一束藁，两头燃，河边羖䍽飞上天。”①

“藁”去掉上下部首（“两头燃”），余下“高”字；“羖䍽”为羊，“河边羖䍽”自然便是一个“洋”字；“飞上天”即登基之意。高洋就在城里城外“飞上天”的谶谣声中上台，建立起北齐政权。

五代时，云南大理王段思平在建国历程中，几番与谶谜

---

①《北齐书》。

有“缘”，堪称是历史上诸多谜谶行为的典范事例。

> 连海节度使段思平，为杨氏（杨干真）所忌，逃之。剖野核桃有文，曰“青昔”。思平折之曰：“青乃十二月；昔乃二十一日。吾当以是日举义。”遂借兵东方（部落）。及河欲渡，思平夜梦人斩其首，又梦玉瓶耳缺，又梦镜破，惧不敢进，其军官董伽罗曰：“三梦皆吉兆也。公为大夫，‘夫’去首为‘天’，天子兆也。玉瓶去耳，为王。镜中有影，如人相敌，镜破影灭，无对矣。”思平乃决，遂逐杨氏而有其国，改名曰“大理”。①

段思平本来是凭借着先祖功业，任职连海节度使，后为篡取国柄的杨干真猜忌，不得已而出逃。路上，恰巧就弄到那么一个奇怪的野核桃，剖开后竟刻有“青昔”字样。天降谜题于有心人，段思平遂轻松破解，以此相号召，果然事无不顺。而当连连奏凯将欲毕其功于一役时，他一夜三梦，明摆着又是一连串奇异谜题。有善梦的，就有善解的，谋士董伽罗遂猜破“天王无对头”的谜底，段思平再无顾忌。

同样地，谶谣之奥秘一旦为广大民众所掌握，也会用以

① 明·冯梦龙：《知囊补》。

组织行动，鼓舞斗志，成为他们反抗封建王朝、抵御外敌入侵的有力武器。前文曾述，在中唐徐敬业高举义旗、晚唐黄巢聚众造反等事件中，均曾以谶谣配合当时的斗争形势。据历史记载，明朝也是谶谣风甚为盛行的一个时期。

> 嘉靖癸丑四月，倭寇平湖，官兵失利。五月复至，汤参将克宽领兵格战，邑人汹汹。佑山因拆二字作口号曰："曲川地可耕，长刀砍低树。元来腹有文，军口三十去。"令儿辈合之。敏效年十五，曰："得之矣，'剿寇'二字也。"明日得报，汤大捷，斩倭三十级。①

"曲川"为"巛"，"长刀"为"刂"，"低树"为"木"，"地"扣"田"字，共合为"剿"字；"军（古为軍）"去掉"口三十"得"冖"，再加上"元"及腹中之"文"，正为"寇"字。斯时官兵刚刚失利，地方上人心惶惶。据说此谶谣既经众口传开，上下遂惊为天意。第二天，参战军民死命向前，终获大捷。

明末农民起义军领袖李自成，英明睿智，广纳贤良。辅佐他的众多谋士，审察民情后创作并散布民谣"盼闯王，迎

---

①《祐山杂说》。

闯王，闯王来了不纳粮”，同时也广泛传播“十八子，主神器”的谶语，为夺取国家政权做舆论准备。于是，民心归顺闯王队伍，如同百川归海，最终攻陷北京城。后吴三桂借来清兵攻入关内，形势急转直下。想不到这则隐语竟成为李自成听信谗言杀死大将李岩自毁长城的一个契机。

（牛）金星阴告自成曰：“岩雄武有大略，非能久下人者，十八子之谶得非岩乎?”因谮其欲反。自成令金星与岩饮，杀之，贼众俱解体。①

这场自相残杀的惨剧，确是奸佞牛金星巧借隐语挑动李自成的猜忌心理，触及他的帝王思想而造成的。这一事件促成了“大顺”政权的迅速败亡，隐语的作用实在是不可等闲视之。

2. 制谜作隐，暗通消息

在历史上一些特定时期或某些特定场合，谜往往以其特有的隐秘性，在人们的政治生活中起到了暗通信息、传递机密的特别功用。比如发生在春秋时期的“麦曲河鱼”、“呼庚呼癸”的故事，便是处于敌对国之间的朋友为了施受救助而以隐语相商约，这是为着一定的实用目的。② 北宋时，朝中大

① 《明史》。

② 详见本书第一章第二节“东周隐语”。

臣宋庠、郑戬、叶清臣、吴安道等被免官后，常以短封廋词交流政坛变动的消息，对当时朝中人物、官职皆以隐语代之，很像现在的密码电报。

宋庠罢参，郑戬罢枢，叶清臣罢计，吴安道罢尹，盖吕文靖恶其党盛也。时数公多以短封廋词相往来。如“青骨不识字，米席子作版”之类。“青骨”谓蒋堂，时谚谓“知诰”为“识字”，“待制”为“不识字”。杨吉作发运以饷权要，得户部副使，故叫“米席子作版”（户籍叫版）。①

也有皇帝在异国为囚，不得已而借助隐谜交代传国大事。

徽宗北狩，有谍者持一黄单衣来。御书云：“赵岐注《孟子》。”付黄潜善诸人审思之，孟即瑶华太后（高宗赵构生母），赵即康王（赵构），高宗由是复兴。②

宋徽宗“北狩”即被金人俘虏后，借一句“赵岐注孟子”隐语，传“旨”将赵宋皇位传给孟太后之子（赵构）。外人看来好像是在谈论汉代学者赵岐著述《孟子章句》一事，后经朝臣“译”破，南宋开基之君宋高宗赵构始由这则隐谜正式

---

① 宋·孔平仲：《谈苑》。

② 宋·丁特起：《孤臣泣血录》。

册立。

在南宋时期，仕金的施宜生作为使者来南宋祝贺年节，以隐语泄露机密于南宋朝官，结果发生了中国谜史上最称惨烈的一幕：

> 闽人施宜生仕金，以翰林学士来贺正旦。时谍者传金主亮（完颜亮）造舟调兵之事，上不深信。尚书张焘奉诏馆客，焘以首邱桑梓（故乡之情）语之。宜生顾其介（侍卫）不在旁，为廋语曰："今日北风甚劲！"又取几间笔扣之曰："笔来（必来）！"宜生归，以漏言烹死。①

据民间传说，朱元璋做了大明天子以后，为保江山稳固，想出一条杀灭功臣的毒计：先兴建一座功臣楼，然后将众多功臣请到楼上欢宴，借故失火，烧死众臣。此事被皇后马娘娘知悉，觉得过于残忍，打算救护为大明江山立下汗马功劳的军师刘伯温，但又怕泄露机密自身难保，于是便令太监送给刘伯温一盒枣子，一盒桃子。刘伯温遂悟出"早逃"之意。后来，果然功臣楼突起大火，许多功臣都被烧死，独刘伯温幸免于难。

---

①《续资治通鉴》卷一百三十三。

清朝重臣纪昀（字晓岚）以实物谜（一说是动作谜）向姻亲卢雅雨泄露抄其家产的机密，亦见载于时人多种笔记中。

卢雅雨为两淮（盐）运使，以好士故，宾朋纷集，供给甚繁，遂至亏帑。廷议籍没。纪晓岚与卢为儿女姻亲，常直内廷，微闻其说，私驰一介（仆人）往，不作书，以茶叶及盐少许贮空函内，外以面糊封固。卢得函即悟曰："此盖隐'查盐空'（清查盐运使亏空一事）三字也。"亟将家财寄顿他所。迨籍没时，所存资财寥寥无几。①

也有种说法是，纪昀在朝中听到消息后，当众招呼卢雅雨的小儿子到跟前，让他伸出手掌写了一个"少"字。卢雅雨虽已年迈，头脑却还清楚，立即由此猜出一个"抄"字（"少"加上"手"）。纪昀通风报信之事终被另一大臣和珅告发，乾隆帝将他传来问罪。纪昀矢口否认，最后乾隆帝说："只要你说出是如何走漏的消息，我便饶你。"纪昀只好据实相告。乾隆爱其才华，果然从轻发落，将他充军乌鲁木齐。不久又召他回京，命编修《四库全书》。一件走漏国家重要机密的杀头重

① 清·易宗夔：《新世说》。

罪，就这样大事化小、小事化了。

3. 捕风捉影，制造谜案

正因为谜有着上述特殊功能，灯谜活动又以其勃勃生机受到历代民众的特别钟爱，使封建统治集团无法禁止或取缔，于是便对之捕风捉影、无限上纲，历史上一系列灯谜惨案概由此而起。此类情形历代王朝均有之，而尤以明、清为烈。斯时封建专制政体已日益走向僵化、衰落，统治阶级为了巩固自己的统治，对思想、教育和文化领域的“奇端异说”采取了坚决镇压的态度，屡屡大兴文字狱。明清的文化专制是血淋淋的。

> 太祖（朱元璋）尝于上元夜微行京师，时俗好为隐语相猜以为戏。乃画一妇人赤脚怀西瓜，众哗然。帝就视，因喻之曰：“是谓淮（怀）西（瓜）妇人好大脚也。”甚衔之。明日召军士大戮居民，空其室。①

因为皇后马氏是淮西人，又天生一双大脚，朱元璋遂对一则画谜心生猜忌，由此杀机顿起，竟对这一带居民满门抄斩，可谓残暴之极。而在平时，朱元璋阅读奏章时，也总要用猜

① 明·徐祯卿：《翦胜野闻》。

谜语的办法，在字里行间找寻“大不敬”的词语，动不动就以涉嫌讥讽而杀无赦。

清初几位皇帝也喜欢乱猜文字，其多疑、残暴程度较明太祖有过之而无不及。康熙年间，有人偶赋两句诗：“清风不识字，何故乱翻书。”便被认为以隐语讥诮清廷，受到重处。雍正皇帝性格阴鸷，认定某年的科举试题“维民所止”是别有用心，是让“雍正”砍头。于是御笔一挥，几百人性命顷刻勾销。事实上，中国历代王朝兴废更迭，成则王，败则寇，有权者杀人，无权者杀于人，谜语本身何罪之有？真是欲加之罪，何患无辞。

4. 寄托爱憎，臧否人物

谜在广大民众及下层文士手里，常常被借以表达政治态度，寄寓爱憎之情。唐代安史之乱期间，有人以谜诗诅咒“安禄山正月败亡”；① 北宋时期，有人在京都相国寺以谜诗题壁，攻击王安石推行的青苗法“误国贼民”，② 皆属此类。明代嘉靖年间，进士张璁因阿谀君王而被赐名“孚敬”，当时便

---

① 唐·刘禹锡：《宾客嘉话录》。

② 宋·袁褧：《枫窗小牍》。

有人以谜语作武器，对“张璁孚敬”四字做起了讽刺文章：

这长弓，心勿一，佐王不正。除非撇了头，夷三族，灭绝子孙，方泄万民之怨。亏了这篇歪文字，苟就了功名。

“这长弓”，隐“张”字；“心勿一，佐王不正”，隐“璁”字；“除非撇了头，夷三族，灭绝子孙”，隐“孚”字；“亏了这篇歪文字，苟就了功名”，隐“敬”字。该谜以离合法扣合，骂得痛快淋漓，可谓“一谜巧泄万民愤”。

清朝有个名叫李儒卿的官吏，为人贪婪，心狠手辣。有人就写了这样一副拆字联，隐刺其做派为人：

本非正人，装作雷公模样，却少三分面目；惯开私卯，会打银子主意，绝无一点良心。

上下联语各为一绝妙字谜。上联“本非正人”，是“亻”旁；“装作雷公模样”，取其“雨”字；“面”字少“三”正是“而”字，合起来扣应“儒”字。下联“绝无一点良心”是“艮”字，加上“卯”字分开，组合起来恰成“卿”字。联谜既贴扣“儒卿”其名，又极力刻画其丑行，真是神来之笔。

中国现代有个“一谜多底”的故事，颇具意味。1945 年 8

月，日本宣布无条件投降。当时在重庆举办的一次谜会上，有一谜条吸引了众人目光，上写“日本投降（打古人名一）”。有人猜是“屈原”，意即日本投降是屈服于美国原子弹的威慑之下；有人猜是“苏武”，认为这是苏联出兵参战，动用武力的结果；还有人猜是“蒋干”，吹捧是蒋介石的精心运筹方获抗日胜果。当时在场的一位著名谜家（有说他正是制作此谜者）却断定数人并未猜中，有人急切求教，他却默然不答。解放后，谜底才被披露出来，即“共工”，是说日本投降系中国共产党辛勤工作，发动群众全民抗战的结果。同一谜面，不同谜底，表明了不同的政治立场。

我国传统文化中还有一种“十字令”的形式，可以看作是谜之变体。谜面共有十句，句头是一数字，依次由一至十，形式极为工整。谜面隐射一种事物或社会形象，有所托寄，这便是“谜底”了。谜面篇幅既长，思想容量便颇有规模。比如：

一笔好字，二等才情，三斤酒量，四季衣服，五子围棋，六出昆曲，七字歪诗，八张纸牌，九品头衔，十分和气。

一声不响，二目无光，三餐不食，四肢无力，五官不正，六亲不认，七窍不通，八面威风，九（久）坐不动，十分无用。

这是现在仍在民间流传的两则传统谜令，分别为“清客”和“泥塑菩萨”画像，其中自有寓寄。

## （二）寓教于乐

我国谜语经过了几千年的演变、发展，现在已是异常丰富。谜语之数，浩如烟海。古往今来的大量谜作，可以视作人们在自然、社会各种现象之间努力寻找规律联系的符号记录，是他们认识生活、把握生活的方式之一。其内容包罗万象，凡宇宙万物，人间情事，无不可以入谜。猜谜活动在民间蓬蓬勃勃地开展，悄然实施着一个无与伦比的社会教育大工程。

1. 帮助理解汉字

在中国的谜语体系中，有相当数量的谜是围绕汉字的结构展开的。其中蔚成大类的灯谜，更是专以汉字的音、形、义及笔画结构为出发点，凭借汉字的一词多义、笔画组合、摹状象形等特点，使谜面谜底在词义或字形上相扣合（图10—12）。用猜字谜的方式来帮助认字，是学习汉语、掌握汉语的捷径之一。例如，有人常把“结束”的“束”错写成“朿”，如果记住“木字口中栽，非困也非呆；若要猜是杏，不算好秀才”这一谜，就不会再出差错。有人常把“裕”字的偏旁误写成“衤”字旁，如果熟知谜面“丰衣足食”，也就不会再错。

图10　旧版灯画《玉虎坠》

图11　旧版灯画《连环计》

图12　旧版灯画《秦英征西》

历史上文人所制字谜固然较多，民间谜语中也有一些字谜，谜底多为单字，语言极为浅显生动。如：

一个大人，带四个小人，在十字路口等人。（打字一：傘即“伞”）

二小二小，头上长草。（打字一：蒜）

一边大，一边小；一边跑，一边跳；一边路旁吃青草，一边偷偷把人咬。（打字一：骚）

在民主革命时期，一些革命者不仅注意用字谜的形式教群众识字，而且融于革命宣传。如在 1927 年蒋介石发动四一二政变后，共产党员夏明翰在湖南曾作过这样一则字谜：

一车只装一斤，好个草包将军；两个小孩相助，又请三个大人。

这是以传统离合手法制成的四字谜，谜底为“斩蒋示众”。抗日战争中，陕甘宁边区的《社区群众报》也经常刊载谜语，以配合群众学习文化，并宣传抗日精神。据主编柯蓝讲，单是自 1944 年 8 月起的一年时间内，就收到谜稿五百多件。有的旧谜被略加修改或更换谜面，也可用来配合当时的抗日热潮。

2. 增长知识，广博见闻

由于灯谜的谜目五花八门，包罗万象，其中涉及古今中外、天文地理各类知识，故经常参加猜谜者能迅速扩大知识面，从而对历史、社会有一个更为深广的了解。

例如古今人名谜。这方面谜作极多，当你猜射或赏析这类谜语时，无异于翻阅、温习一本厚厚的“古今人名词典”。与一般词典有所不同的是，它更加活泼有趣，引人入胜（图 13—15）。清代大学者俞樾曾创制过多则古代人名谜，如：

图 13　旧版灯画《捉放曹》

图 14　旧版灯画《白袍记》

图 15　旧版灯画《秦英征西》

挟泰山以超北海。（打宋代人名一：岳飞）

好狗护三村。（打唐代人名一：卢照邻）

皆制作工稳，扣合紧密。当代一些以现代作家名入谜的谜作亦颇惬人意。如：

望洋兴叹。（张恨水）

小河弯弯。（曲波）

报之以琼瑶。（谢璞）

这方面的灯谜以射“老舍”者为最多。如，有的以“故宫”扣之，意为“古老的房舍”；有以“推陈出新”扣之，意即“老的事物舍去”；还有的以“自古嫦娥爱少年”扣之，别解作“年纪大的不爱”，这很有点戏谑的味道，但也扣合紧密，博人一粲。据说在抗日战争时期，画家黄苗子生活困难，是老舍家里的“老食客”。有次他开玩笑，戏制一谜让老舍猜：“乐施不倦（打作家名一）。”老舍听后笑着说：“不对，这只能猜‘老捨’，不能猜‘老舍’。”原来，当时“捨”字尚未简化，只可作动词解，不能与“舍”通用。黄苗子只好讲歪理：“我这用的是‘谐声’兼‘抛杖’格！”

运用古典名著制成的灯谜为数很多。比如，围绕《三国演义》、《水浒传》、《红楼梦》、《聊斋志异》等名家名作，就有不少谜作流传。或用其回目篇名，或选其故事人物，采以入谜。这能引发人们阅读名著的强烈兴趣，促使其时时温习，更好地欣赏原著。在这里，灯谜起到了一种导读的作用，成为人们通向文学艺术殿堂的舟辑或桥梁。

其中，直接采用《三国演义》回目名称制成谜面的灯谜最富特色。如：

曹操煮酒论英雄。（打少数民族一：维吾尔）

定三分隆中决策。（打物理仪器一：亮度计）

吕子明白衣渡江。（打成语一：蒙混过关）

第一则灯谜用的是书中第二十一回的故事。曹操邀刘备至府中，煮酒赏梅。席间，曹操与刘备论及天下英雄，说："今天下英雄，惟使君与操耳!"谜底"维吾尔"中的"维"通"唯"、"惟"，即"只有我和你"之意，可谓扣合谨严，涉以成趣。第二则谜中，谜底"亮度计"别解为"诸葛亮揣度的计策"，从而与谜面相扣。第三则谜的谜底是一个成语，"蒙混过关"，吕蒙混过了关羽。四字成语中竟有两字落实在一个典故中的两个对头人物身上，真是天生谜材，妙手偶得。

脍炙人口的古典小说《水浒》，也是众多制谜者喜用的素材。这方面的灯谜，既可以水浒人物故事作面，又可以其中人名诨号作底（简称泊人、泊诨）。比如：

金眼彪复夺快活林。（打成语一：恩将仇报）

血溅鸳鸯楼。（打泊诨二：打虎将、丧门神）

豹子头误闯白虎堂。（打《聊斋》篇目六：小人、局诈、快刀、织成、林氏、冤狱）

第一则谜谜底“恩将仇报”，意即“施恩终于报了冤仇”，扣应谜面故事。第二则谜也好理解，“打虎的武松让蒋门神丢掉了性命”。第三则灯谜构制最奇，将《水浒传》现成回目信手拈来作谜面，谜底以六个《聊斋志异》篇目连环扣接，一气呵成，寥寥12个字竟然概括了林冲被陷害的整个故事情节，着实难得。

与《红楼梦》有关的灯谜俗称“红谜”，向来是谜界热点。原著本身，就载有灯谜27则，并有猜谜活动描写，有的回目中还出现了“灯谜”的字样。“红谜”中，既可以原著回目、书中诗词曲文句子作谜面，又可以其中众多人物为底。比如：

花落花飞飞满天，红消香断有谁怜。（猜常用词一：感谢）

晴雯。（打一字：文）

惊倒珍珠，吓退琥珀。（打《诗经》句一：鸳鸯在梁）

第一则谜以林黛玉葬花词中的前两句为谜面，谜底“感谢”别解为“因花谢而感慨”以扣应之。第二则谜为现代作家端木蕻良所制，含意隽永，难度颇大。第三则谜是一例很见功力的旧谜，说的是在全书第一百一十回中，贾母去世，身边的贴身丫头鸳鸯怕再受贾赦之流的欺侮、羞辱，便悬梁自尽。当时正值夜间，珍珠、琥珀二人来寻鸳鸯，推门一见此景，俱受惊吓不小。此谜运用因果法使底面相扣，极为紧密贴切。思味此谜，三人形象立即浮现眼前，使人不禁为这一封建大家族中众多年轻女子的悲惨命运而感慨、深思。

近年来，运用灯谜宣传新兴行业服务项目，普及各类专业知识、名词术语等，渐成风尚。如银行、交通、保险、法律等方面的有关部门，都曾借助于举办灯谜活动，在社会上造成了一定的声势，吸引了群众的注意力，从而增进了整个社会对它们的理解和信任。在这些活动中，涌现出许多佳谜妙作。比如：

将身来到大街前。（打交通名词一：立体马路）

归去来辞。（打交通名词一：人行道）

全凭爹爹做主。（打法律名词一：从严处理）

欲擒故纵。（打法律名词一：假释）

阐。（打银行用语二：开户、存单）

玉体安康。（打保险名词一：国内人身保险）

舍得钱财消得灾。（打保险名词一：投资保险）

这类信息型谜作，既富有知识性，又具有相当的趣味性，时代气息较为浓郁。现代社会飞速发展，堪称是日新月异，信息型灯谜有着非常广阔的开发前景。

3．咏志寓理，谜以载道

优秀的谜作，除了有“外供耳目之娱”的娱乐、愉悦作用之外，还可“内养仁智之性”，在传递知识的同时，让人们汲取到有益的精神营养。历史上流传下来的诸多谜语作品，比较真实地反映了古往今来不同地区时代的自然风光、世态人情、社会状况、历史人生。人们在猜射、欣赏这些谜作的同时，也在思考、品味着这些“社会存在”，于潜移默化中获取教益。比如：

无心骄白昼，有力破黄昏。（猜物品一：灯）

千锤万凿出深山，烈火光中走一番。粉身碎骨浑不怕，要留清白在人间。（猜物质一：石灰）

前面的“灯”之谜歌颂了一种奉献、谦逊的高尚品质。第二则谜是借用明代爱国将领于谦的整首诗作谜面的，吟读猜赏起来让人感奋，大有起懦拔庸之势。再如：

千年浪打依然聚，万阵风颠永不沉。（打植物一：浮萍）

天下常令万事平，匣中不惜千年死。（打器物一：剑）

曾无傲骨随人转，犹有童心只自忙。（射玩具一：不倒翁）

刻刻催人资警醒，声声唤尔惜光阴。（射器物一：钟表）

这些谜作含意隽永，富有哲理，具有较强的教化意义。

有时，猜射到一则佳谜，无异于获得一个观察历史社会、深化人生哲思的良好契机。比如：

人多并非是好事。（打字一：侈）

下下上上，上上下下，说来说去，全是假话。（打字一：卜）

孟起虽勇，当与翼德争先，未若君之绝伦也。（打《水浒传》诨名一、人名四：美髯公、索超、孔明、宣赞、关胜）

在我国20世纪80年代的背景下，第一则灯谜委婉地道出了计划生育、控制人口的重要性，第二则灯谜对近些年死灰复燃的算卦之风一语道破其虚妄、欺骗的实质，最后一则灯谜则包含着更为丰富的历史社会信息，有着无穷的思味余地。我们不妨略加分析。

欲解此谜，首先须熟悉《三国演义》和《水浒传》两部古典名著。《三国演义》中描写道，刘备占领西川后，留守荆州的关羽，闻知刘备新收的东川名将马超曾挑灯夜战张飞，武艺超群，便写信要入川与马超比武。诸葛亮从大局出发，写信劝阻关羽。此谜面就是信的最后几句话的意思。由于此信语多溢美，深合关羽之心，终使关羽打消了入关的念头。谜面中，“孟起”、“翼德”分别是马超和张飞的字，“君”指的是关羽。意为马超虽然勇猛，只能与张飞争个高下，绝比不上您关羽盖世绝伦的武艺。谜底中的“美髯公”既是梁山好汉朱仝的诨号，又是关羽的美称，可谓一语双关。再加上谜底将名词“索”、“宣赞”、“胜”变为动词用，巧妙、传神地描绘出这个故事。

欣赏这则谜语，人们会对诸葛亮善于化解矛盾、知人善劝的领导艺术留下较深的印象。立有赫赫战功、一向狂傲的关羽，兼与刘备是结义兄弟，单靠军令显然难以阻其入川。

诸葛亮便在信中盛夸其功绩、武艺，满足其居高临下争强好胜的“武圣”心理，终使他打消比武念头。而谜作中反映出来的关羽这种刚愎自用、一意孤行的狂傲思想，与他后来的“大意失荆州”、“败走麦城”，有着直接的因果关系，最终使蜀汉蒙受了重大损失。每个人都该警惕在自己心头潜滋暗长的骄傲自大心理，尤其在顺境时。能不慎欤？

近些年来，又有人根据这则谜所涉及的故事，对诸葛亮处理问题的原则发出质疑。认为这种不吝溢美之词的“宣赞”，对于一贯我行我素的关羽来说，无异于纵虎为患，不能从根本上解决问题，乃至最终不可避免地遭受到重大军事失败，使得蜀国自此以后优势不再，江河日下。作为军师的诸葛亮在对此事的处理上，治标而不治本，实在难辞其咎。这也是颇有道理的一家之言。再回过头来玩味此谜，感觉“宣赞”一词用得最是着力，可谓谜中之“眼”。有心者自会由此进入更为深奥的思维世界之中。

## （三）谜有别趣

娱乐性、趣味性，是灯谜活动存在的基础。真正意义上的灯谜，是作为一种游戏娱乐活动而被设计、制作并产生、存在的。也正是因为这个原因，灯谜一直为人们所钟爱，表现出极强的生命力。

1. 舒忧解闷，雅俗共赏

猜谜是一种老少咸宜、雅俗共赏的活动，各种层次、各类年龄的人们都容易被谜所吸引，也都有能力参加猜谜活动。开展猜谜活动，也就不易受人、地、时、物的限制。无论是皇帝、公卿、文人、名士，还是平民百姓、挑夫牧童，无论你春风得意之日，还是凄惶尴尬、失魂落魄之时，猜谜作为一种消遣娱乐方式，对于一切人都是平等的。

早在南北朝时期，贵族们便常以猜谜消闲逗乐，释解忧闷。览正史、野史之相应载述，令人不觉莞尔。据说，北齐高祖高欢曾与优人石动筒（筩）猜过一则“煎饼”谜。

> 北齐高祖尝宴近臣为乐。高祖曰：“我与汝等作谜，可共射之：卒律葛答。”诸人皆射不得。或云是髐子箭，高祖曰：“非也。”石动筒（筩）云：“臣已射得。”高祖曰：“是何物?”动筒（筩）对曰：“是煎饼。”高祖笑曰：“动筒（筩）射着，是也。”高祖又曰：“汝等诸人为我作一谜，我为汝射之。”诸人未作，动筒（筩）为谜，复云：“卒律葛答。”高祖射不得，问曰：“此是何物?”答曰：

> “是煎饼。”高祖曰：“我始作之，何因更作？”动桶曰：“乘大家热铛子头，更作一个！”高祖大笑。①

这便是纯为逗乐解闷而猜谜了。

史书记载中最称狼狈的一次猜谜活动，当属北魏献文帝之子咸阳王拓拔禧在逃难路上猜射“筷子”谜一事。

> 禧是夜宿于洪池，不知事露，其夜，将士所在追禧。禧自洪池东南走，左右从禧者，唯兼防阁尹龙武。禧忧迫，谓曰：“试作一谜，当思解之，以释毒闷。”龙武数忆旧谜云：“眠则同眠，起则同起，贪如豺狼，赃不入己。”都不有心于规刺也。禧亦不以为讽己，因解之曰：“此是眼也。”而龙武谓之是箸。②

且不管这位鲜卑贵族所从事的是怎样一种事业，个人品行如何，他在忧心交迫之中，想出借猜谜转移注意力的法子，以缓解极度的心理紧张，是契合谜语舒心解闷的基本功能的。在这次记述颇为完整的猜谜活动中，猜谜就是猜谜，并不涉及其他。所以史书中评说龙武“不有心于规刺”，而拓拔禧“亦不以为讽己”，纯属娱乐游戏。

---

① 隋·侯白：《启颜录》。

② 唐·李延寿：《北史·咸阳王禧传》。

古代的文人士大夫们，往往将谜道视作十年寒窗生涯之缀补，和碌碌宦海之调剂。比如在他们中间流行的“以谜入对”的游戏，就有着很强的娱乐性。这是一种对联形式的谜语，谜面是一副对联，上下联或各隐一底，或共扣一底，还有的各隐一字，合起来便是一个词语。比如：

白蛇过江，头顶一轮红日；

乌龙挂壁，身披万点金星。（打常用物二：油灯、秤杆）

传说在北宋时期，一天，苏东坡全家正剖食咸蛋，苏小妹拿起一瓣刚切开的咸蛋，见它外形像船，里面的蛋黄蛋白恰如黄金白玉，不禁顺口吟出一联：

咸蛋剖开舟两叶，内载黄金白玉。

她要哥哥来对下联，苏轼想了半天也对不出。过了不久，他在剥石榴吃时，忽然见景生情，对出了下联：

石榴打破坛一个，中藏玛瑙珍珠。

聪明的苏小妹把上下联的前两字隐去，让秦少游猜射这则对联谜：

剖开舟两叶，内载黄金白玉；

打破坛一个，中藏玛瑙珍珠。

秦少游费了好大劲，才猜出是“咸蛋”和“石榴”。不过，这个对联谜很像是乡村“秀才”们的智慧，假托古代名人之作，不过是欲使其更易流传下来罢了。

据说，有一年的元宵节，乾隆皇帝与宫娥彩女、文武百官观灯游乐，大才子纪晓岚制作了一副对联谜以凑趣：

黑不是，白不是，红黄更不是；和狐狼猫狗仿佛，既非家畜，也非野兽

诗也有，词也有，论语上也有；对东西南北模糊，虽为短品，也是妙文

要求上下联各打一字，合成一词。不料想，众人兴致勃勃猜了半天，纪晓岚都连连摇头。最后，还是他自揭谜底：猜谜。

在人们心目中，乾隆与纪晓岚之间常以猜谜逗乐消遣，或君制臣猜，或臣制君猜，尽兴适意而足。有一次，乾隆制一谜，谜面是一“八”字，要纪晓岚射五种不同的谜底。乾隆逐一提出谜目：射鸟名一，纪晓岚答“八哥”；射唐诗一句，纪晓岚再答“伯劳东去燕西飞”；射宋词两句，答“落花人独立，微雨燕双飞”；射四书一句，又答“无上下之交也”；最后乾隆要求射战国人名二，纪晓岚从容答出“白起、黄歇”。制得巧，猜得精，惊得众臣目瞪口呆，乾隆和纪晓岚则

相视大笑。

据一位老红军战士回忆说，当年红一军团在长征路上翻越雪山时，政治部主任朱瑞为了解除大家的倦意，制谜让人猜："慢慢行"，打红四方面军领导人名"徐向前"。很快有人猜着了。接着又有人出谜，以"谁是雇农"射"何长工"，谜底又被猜出。随后又有以"耳朵向上"猜"张闻天"等等。朱瑞同志又慢条斯理地吟出一个谜："能知诗词歌赋，总是哈哈连天，曾为花中魁首，可惜不能高攀。也是猜一人名，他就在我们队伍中走着呢！"大家你看看我，我看看你，气氛一时热烈起来。可能是因为这个谜太"文"的缘故吧，怎么猜也猜不对。朱瑞说："是我们宣传科的科长文笑梅呀！"于是笑声四起。不知不觉中，这段艰难的雪山旅程已走过大半。

新中国成立以后，广大民众成了国家的主人，灯谜为更多人所掌握，成为一项深受群众喜爱的娱乐形式。人们除了在逢年过节的游园会、联欢会上，穿行于华灯彩笺之中竞猜为乐以外，平时于茶余饭后、旅行途中、大小聚会等场合中，同事、亲友、近邻之间，也常常举行猜谜活动，充分享受谜带给人们的种种乐趣。猜谜活动的独特趣味，确实是其他娱乐形式所难以替代的。

2. 艺术审美，别有洞天

制猜谜语是一种艺术活动，谜语制作是艺术创造活动的一种，猜谜的过程类似于艺术欣赏。每个人都先天地具有一种猜智逗乐的心理趋向，喜欢寻找、挖掘、表现、体验自然万物及身边生活中的种种“谜趣”。尤其是灯谜，堪称“微型艺术品”，寥寥数字，务必成文。或引经据典，取材历史故事，引用古典诗词、文学名著，或自撰面句，讲究炼字炼句，巧饰文采，注重意境，顿读别解，变幻万端，隐曲有致，使人在得到美的享受的同时，提高了艺术修养，培养了艺术趣味。

民间谜语多是事物谜，是人们对生活用具、劳动产品和日常接触事物的咏叹与赞美，洋溢着浓郁的生活气息，寄寓着他们的生活情趣和生命情感。它通常以民谣形式或三两句民间俗语作谜面，语言简洁明快，生动如口语。如：

在娘家青枝绿叶，到婆家面黄肌瘦；不提起倒还罢了，一提起泪洒江河。（打一用物：竹篙）

爹娘，你为什么把我生在山上；木匠，你为什么挖了我的心肠；和尚，你为什么不住地敲我头上？（打一用物：木鱼）

墙里开花墙外红，思想采花路不通；通得路来花又谢，一场欢喜一场空。（打一用物：灯笼）

快快逃，快快逃，赤膊的逃去，穿衣裳的拿牢。（打一用物：米筛）

第一首短谣是旧社会妇女悲苦命运的生动写照；第二首将木鱼的由来、功能拟人化，用以暗指贫苦民众受黑暗社会势力压迫蹂躏的惨况。这是对一段历史生活的真实而深刻的艺术反映，堪称是微型艺术之精品。第三、四则谜语既表露出人们对日常用具与劳动过程的喜爱之情，又传达出一种生活情趣或生活态度，听起来如闻其声，如见其事，真是一种难得的艺术享受。

与民间谜语这种集体创作、风格趋同的特点不同，历史上灯谜的创作则具有较强的个性，具有百花齐放、风格鲜明的特点。譬如，明代的徐文长、黄周星、冯梦龙等著名谜家，制谜均个性鲜明，卓有风姿，可谓谜如其人。试看徐文长的几则灯谜：

上又无画，下又无画。（打字一：卜）

两（古为‘兩’）下里做人难。（打字一：入）

出自幽谷，迁于乔木。（打字一：呆）

不用刀，只用篾，勒碎风，劈破月。（打用物一：竹帘）

徐文长是一位天才的艺术家，早年自视甚高，以兼济天下为己任。他文思清奇，敢对当时文坛的盟主们“叱而奴之”，亦曾屡出奇计助筹抗倭军事。然而适逢政局昏暗，他运乖命蹇，彷徨无计，遂佯狂以避世。故其制谜与一般文人迥然有别，充溢着一种嬉笑怒骂、沉郁清刚之精神，真可谓奇人奇谜。

黄周星身处明清交替之际，富有民族气节，明亡后流浪江南各地，曾作《黄人谣》以明志，名其堂曰“夏为堂”。他喜欢以古代人名入谜，提醒诸人莫忘炎黄子孙身份。如：

唐尧在上乐洋洋，静对空潭日月长。（打晋代人名一：陶渊明）

侯家五代君恩重，博浪椎秦岂顾生。（打宋代人名一：韩世忠）

兵占知贼至，尅应果无差。（打宋代人名一：寇准）

黄周星以谜怀古托志，时发壮语，深合当时士大夫们的反清复明思想。难怪当时众多文人对他倾倒之至，推为谜家宗匠。活动时间比徐文长、黄周星二人更早一些的冯梦龙，则喜欢搜集、整理民歌时调，重视小说、戏曲等通俗文艺，因而在其《黄山谜》集中，洋溢着民间生活的清新气息。无论是经他加工改造过的民间旧谜，还是他新制之谜，均朴实自然，得率真泼辣之趣。

当我们面对这些不同风格的灯谜佳作进行猜玩、赏味时，就仿佛面对着一个五光十色、丰富无比的艺术世界。它们蕴含着历史的、社会的、民俗的、艺术的等多方面的文化信息，我们会不自觉地投入整个心灵，调动起自己所有的生活经验、艺术感觉和审美能力，对谜作进行感受、联想、思考、选择，从而在内心世界里获得启悟、共鸣与美的享受，充分领略无穷的谜外之意，心为之动，情为之移。这又岂是一句“猜智逗乐”所能涵盖？

至此，也就理解了为什么灯谜之风会遍及世界上几乎所有华人的聚居之地，且历久不衰。从台湾到港澳，从亚洲到欧美，凡有炎黄子孙足迹所至，元宵节期间红灯高挂、谜条悬列的情形，便是年年搬演的一大人文景观。香港的“龙字谜”，台湾的“思乡谜”，泰国的“泰文灯谜”等，也一直有着很大影响，必将载入中华民族的谜史典册之中。正是这小小灯谜，于游戏娱乐怡情悦神之中，悄悄传递着民族智慧，参与实施着人格塑造与精神引导，连接着我们的过去、现在和未来。

# 附录：灯谜集锦

## （一）字谜

| | | |
|---|---|---|
| 冰 | 字一 | 涸 |
| 思 | 字一 | 十 |
| 众 | 字一 | 侈 |
| 嘴 | 字一 | 唧 |
| 刃 | 字一 | 召 |
| 告别 | 字一 | 扮 |
| 会晤 | 字一 | 靦 |
| 斧头 | 字一 | 父 |
| 田间 | 字一 | 十 |
| 元首 | 字一 | 一 |
| 航道 | 字一 | 潞 |
| 土语 | 字一 | 访 |

| | | |
|---|---|---|
| 重逢 | 字一 | 观 |
| 晴雯 | 字一 | 文 |
| 岳父 | 字一 | 仗 |
| 客满 | 字一 | 促 |
| 登陆 | 字一 | 漓 |
| 瑞士 | 字一 | 佶 |
| 尖端 | 字一 | 小 |
| 留下 | 字一 | 田 |
| 零头 | 字一 | 雨 |
| 国内 | 字一 | 玉 |
| 空座 | 字一 | 庄 |
| 马三立 | 字一 | 驯 |
| 没心思 | 字一 | 田 |
| 文言文 | 字一 | 故 |
| 老头子 | 字一 | 孝 |
| 九十九 | 字一 | 白 |
| 草上飞 | 字一 | 早 |
| 二姑娘 | 字一 | 姿 |
| 开源节流 | 字一 | 原 |

| | | |
|---|---|---|
| 十字街头 | 字一 | 千 |
| 喜上心头 | 字一 | 志 |
| 有粗有细 | 字一 | 组 |
| 先尝后买 | 字一 | 尖 |
| 分崩离析 | 字一 | 棚 |
| 南腔北调 | 字一 | 访 |
| 巧夺天工 | 字一 | 人 |
| 水落石出 | 字一 | 泵 |
| 千里相逢 | 字一 | 重 |
| 有目共睹 | 字一 | 者 |
| 浪遏飞舟 | 字一 | 心 |
| 驿外断桥边 | 字一 | 骄 |
| 床前明月光 | 字一 | 旷 |
| 树间隐鸟鸣 | 字一 | 叹 |
| 八九不离十 | 字一 | 杂 |
| 人残心不残 | 字一 | 必 |
| 孔雀东南飞 | 字一 | 孙 |
| 丢开个人得失 | 字一 | 佚 |
| 小鬼雄心不小 | 字一 | 傀 |

| | | |
|---|---|---|
| 春节放假三日 | 字一 | 人 |
| 月字去了一直 | 字一 | 脚 |
| 口字多了一点 | 字一 | 亨 |
| 人在画堂深处 | 字一 | 估 |
| 一钩残月带三星 | 字一 | 心 |
| 东边日出西边雨 | 字一 | 汨 |
| 心有余而力不足 | 字一 | 忍 |
| 人要一直求上进 | 字一 | 企 |
| 普遍推行责任制 | 字一 | 庖 |
| 人说乡下变了样 | 字一 | 绘 |
| 玉盘珍馐值万钱 | 字一 | 馈 |
| 宝玉出走有由来 | 字一 | 宙 |
| 私字当头终出丑 | 字一 | 牟 |
| 人人树立四化志 | 字一 | 德 |
| 有加有减有乘无除 | 字一 | 支 |
| 领先填补国内空白 | 字一 | 图 |
| 大河上下，顿失滔滔 | 字一 | 奇 |
| 提倡晚婚，个个有份 | 字一 | 日 |
| 人有它大，天没它大 | 字一 | 一 |

| | | |
|---|---|---|
| 他去也，怎把心儿放 | 字一 | 作 |
| 一个中心两个基本点 | 字一 | 伞 |
| 一点二滴支援大西北 | 字一 | 头 |
| 瞪着眼睛瞧，个个都不少 | 字一 | 目 |
| 先写上半截，后写下半截 | 字一 | 告 |
| 两人顶三人，事情就办成 | 字一 | 奏 |
| 自小在一起，目前少联系 | 字一 | 省 |
| 你没有他有，天没有地有 | 字一 | 也 |
| 哥哥不肯坐，工作争着做 | 字一 | 竞 |
| 好像不为自己，其实虚情假意 | 字一 | 伪 |
| 左边未写一撇，右边写了一直 | 字一 | 郲 |
| 若要一直成功，除非全力以赴 | 字一 | 韭 |
| 乍看嘴上文明，实则爱钱如命 | 字一 | 吝 |
| 左边一千少一些，右边一万多一点 | 字一 | 仿 |
| 两把梳子背靠背，两个月亮半遮面 | 字一 | 翡 |

**（二）成语谜**

| | | |
|---|---|---|
| 皿 | 成语一 | 一针见血 |
| 白 | 成语一 | 有声有色 |
| 昕 | 成语一 | 半新半旧 |

| | | |
|---|---|---|
| 者 | 成语一 | 有目共睹 |
| 吴 | 成语一 | 天各一方 |
| 女 | 成语一 | 如出一口 |
| 捲 | 成语一 | 手不释卷 |
| 斤 | 成语一 | 独具匠心 |
| 知 | 成语一 | 矢口不移 |
| 一 | 成语一 | 大有人在 |
| 龙 | 成语一 | 充耳不闻 |
| 仗 | 成语一 | 一落千丈 |
| 钎 | 成语一 | 一字千金 |
| 束 | 成语一 | 内外交困 |
| 昙 | 成语一 | 云开见日 |
| 司 | 成语一 | 一面之词 |
| 林 | 成语一 | 引火自焚 |
| 亚 | 成语一 | 有口难言 |
| 扰 | 成语一 | 半推半就 |
| 俄 | 成语一 | 舍己为人 |
| 半 | 成语一 | 本末倒置 |
| 急 | 成语一 | 争先恐后 |

| | | |
|---|---|---|
| 火 | 成语一 | 灭顶之灾 |
| 固 | 成语一 | 食古不化 |
| 看中 | 成语一 | 不相上下 |
| 魂魄 | 成语一 | 鬼话连篇 |
| 碳素 | 成语一 | 黑白分明 |
| 酒令 | 成语一 | 字斟句酌 |
| 哑语 | 成语一 | 翻手为云 |
| 伴奏 | 成语一 | 助人为乐 |
| 拍照 | 成语一 | 相机行事 |
| 乒乓 | 成语一 | 短兵相接 |
| 神曲 | 成语一 | 不同凡响 |
| 容易 | 成语一 | 改头换面 |
| 元宵 | 成语一 | 一朝一夕 |
| 观光 | 成语一 | 一览无余 |
| 面包 | 成语一 | 其貌不扬 |
| 哑谜 | 成语一 | 难言之隐 |
| 抓壮丁 | 成语一 | 遗老遗少 |
| 水帘洞 | 成语一 | 口若悬河 |
| 化妆学 | 成语一 | 谈何容易 |

| | | |
|---|---|---|
| 好了歌 | 成语一 | 曲尽其妙 |
| 望梅止渴 | 成语一 | 口惠而实不至 |
| 郑人买履 | 成语一 | 不足为凭 |
| 垂帘听政 | 成语一 | 后来居上 |
| 举棋未定 | 成语一 | 下落不明 |
| 水中捞月 | 成语一 | 浮光掠影 |
| 瓜田李下 | 成语一 | 衣冠不整 |
| 有病求医 | 成语一 | 别来无恙 |
| 著作等身 | 成语一 | 文如其人 |
| 开源节流 | 成语一 | 原形毕露 |
| 三顾茅庐 | 成语一 | 无孔不入 |
| 全面承包 | 成语一 | 其貌不扬 |
| 怒火中烧 | 成语一 | 不着边际 |
| 打渔杀家 | 成语一 | 恩将仇报 |
| 喜马拉雅 | 成语一 | 藏之名山 |
| 骄者必败 | 成语一 | 人满为患 |
| 抵制裙带风 | 成语一 | 休戚相关 |
| 大怒伤身体 | 成语一 | 盛气凌人 |
| 万事不求人 | 成语一 | 好自为之 |

| | | |
|---|---|---|
| 笔端见分明 | 成语一 | 毫不含糊 |
| 富从俭中来 | 成语一 | 发人深省 |
| 从实际出发 | 成语一 | 不虚此行 |
| 出无车，食无鱼 | 成语一 | 我行我素 |
| 月亮走，我也走 | 成语一 | 上行下效 |
| 向前走，莫停留 | 成语一 | 令行禁止 |
| 天才来自勤奋 | 成语一 | 能者多劳 |
| 马背上的剧团 | 成语一 | 载歌载舞 |
| 制定人口政策 | 成语一 | 国计民生 |
| 荐之于平原君 | 成语一 | 引人入胜 |
| 人人延年益寿 | 成语一 | 各有千秋 |
| 读新书，读好书 | 成语一 | 不念旧恶 |
| 高价姑娘害新郎 | 成语一 | 嫁祸于人 |
| 吕子明白衣渡江 | 成语一 | 蒙混过关 |
| 此曲只应天上有 | 成语一 | 不同凡响 |
| 问君能有几多愁 | 成语一 | 对答如流 |
| 卷我屋上三重茅 | 成语一 | 风吹草动 |
| 相逢何必曾相识 | 成语一 | 一见如故 |
| 养在深闺人未识 | 成语一 | 其貌不扬 |

| | | |
|---|---|---|
| 桃花潭水深千尺 | 成语一 | 无与伦比 |
| 高堂明镜悲白发 | 成语一 | 顾影自怜 |
| 落花时节又逢君 | 成语一 | 屡见不鲜 |
| 零落成泥碾作尘 | 成语一 | 一败涂地 |
| 千门万户曈曈日 | 成语一 | 无所不晓 |
| 三人工作两人干 | 成语一 | 一不做二不休 |
| 欲将心事付瑶琴 | 成语一 | 手下留情 |
| 浓妆淡抹总相宜 | 成语一 | 两全其美 |
| 重新安排变旧貌 | 成语一 | 一日千里 |
| 穆桂英比武招亲 | 成语一 | 匹夫之勇 |
| 只怨放翁把妻休 | 成语一 | 光怪陆离 |
| 八十万禁军谁掌管 | 成语一 | 首当其冲 |
| 曹孟德一怒斩张蔡 | 成语一 | 操之过急 |
| 我有嘉宾，鼓瑟吹笙 | 成语一 | 曲意逢迎 |
| 与魔鬼打交道的人 | 成语一 | 出没无常 |
| 宁停三分，不抢一秒 | 成语一 | 行当无事 |
| 一波未平，一波又起 | 成语一 | 滔滔不绝 |
| 豪 | 成语二 | 如出一口、自成一家 |
| 信 | 成语二 | 旁若无人、一言为定 |

| | | |
|---|---|---|
| 兑 | 成语二 | 有言在先、自圆其说 |
| 浮 | 成语二 | 水乳交融、一笔勾销 |
| 愚 | 成语二 | 心不在焉、与人作对 |
| 住 | 成语二 | 旁若无人、独立自主 |
| 成 | 成语二 | 言犹在耳、开诚相见 |
| 亚 | 成语二 | 有口难言、居心不良 |
| 工 | 成语二 | 全力以赴、大功告成 |
| 哭 | 成语二 | 格格不入、不成器 |
| 大夫 | 成语二 | 先天不足、后天有余 |
| 包办婚姻 | 成语二 | 与人作对、不由自主 |
| 死诸葛吓走活仲达 | 成语二 | 故布疑阵、偶一为之 |
| 俞伯牙摔琴谢知音 | 成语二 | 一见钟情、投其所好 |

**(三)常用词语谜**

| | | |
|---|---|---|
| 智 | 三字口语一 | 天晓得 |
| 馍 | 三字口语一 | 吃不准 |
| 吹 | 三字口语一 | 不够格 |
| 卧射 | 三字口语一 | 打埋伏 |

| | | |
|---|---|---|
| 熔银 | 三字口语一 | 白热化 |
| 验印 | 三字口语一 | 试金石 |
| 偏见 | 三字口语一 | 不中看 |
| 发烧 | 三字口语一 | 火头上 |
| 主人 | 三字口语一 | 靠得住 |
| 隐语 | 三字口语一 | 不明白 |
| 分解 | 三字口语一 | 不合算 |
| 巧遇 | 三字口语一 | 没意见 |
| 空间 | 三字口语一 | 闲不住 |
| 大同 | 三字口语一 | 差不多 |
| 夏时制 | 三字口语一 | 早一点 |
| 保护视力 | 三字口语一 | 小心眼 |
| 盲目调拨 | 三字口语一 | 瞎指挥 |
| 怒发冲冠 | 三字口语一 | 气头上 |
| 无家可归 | 三字口语一 | 舍不得 |
| 窃窃私语 | 三字口语一 | 不公道 |
| 马不停蹄 | 三字口语一 | 老在行 |
| 罐头食品 | 三字口语一 | 吃得开 |
| 名落孙山 | 三字口语一 | 不中意 |

| | | |
|---|---|---|
| 掌声忽起 | 三字口语一 | 突击手 |
| 原始思维 | 三字口语一 | 想当初 |
| 爱莫能助 | 三字口语一 | 难为情 |
| 破除迷信 | 三字口语一 | 不留神 |
| 忍无可忍 | 三字口语一 | 没能耐 |
| 一看便知 | 三字口语一 | 不重视 |
| 郑人买履 | 三字口语一 | 不知足 |
| 温泉疗养 | 三字口语一 | 泡病号 |
| 改头换面 | 三字口语一 | 顶容易 |
| 三头六臂 | 三字口语一 | 多面手 |
| 请勿入口 | 三字口语一 | 吃不准 |
| 浅尝辄止 | 三字口语一 | 吃不透 |
| 东西大道 | 三字口语一 | 一路货 |
| 捕获归案 | 三字口语一 | 得罪人 |
| 一路辛苦 | 三字口语一 | 有味道 |
| 家徒四壁 | 三字口语一 | 没门儿 |
| 春风吹又生 | 三字口语一 | 不尽然 |
| 何处是归程 | 三字口语一 | 不知道 |
| 生水不可喝 | 三字口语一 | 吃得开 |

| | | |
|---|---|---|
| 只是朱颜改 | 三字口语一 | 好容易 |
| 战胜自然灾害 | 三字口语一 | 破天荒 |
| 独臂 | 三字口语二 | 一手落、留一手 |
| 临去秋波那一转 | 三字口语二 | 爱翻脸、走着瞧 |
| 忐 | 四字口语一 | 放心不下 |
| 发怒 | 四字口语一 | 财大气粗 |
| 天火 | 四字口语一 | 自然而然 |
| 痼疾 | 四字口语一 | 好不容易 |
| 月老 | 四字口语一 | 与人作对 |
| 对弈 | 四字口语一 | 有两下子 |
| 磨床 | 四字口语一 | 想不起来 |
| 发现 | 四字口语一 | 毫不相瞒 |
| 牙医 | 四字口语一 | 专业对口 |
| 火把 | 四字口语一 | 掌握要点 |
| 深坑 | 四字口语一 | 害人不浅 |
| 硬笔 | 四字口语一 | 毫不示弱 |
| 赤子 | 四字口语一 | 红极一时 |
| 电扇 | 四字口语一 | 转变作风 |
| 及时雨 | 四字口语一 | 落得便宜 |

| | | |
|---|---|---|
| 现代语 | 四字口语一 | 说不过去 |
| 战高温 | 四字口语一 | 打得火热 |
| 必需品 | 四字口语一 | 未尝不可 |
| 阴暗面 | 四字口语一 | 脸上无光 |
| 小聪明 | 四字口语一 | 不大可能 |
| 相对无言 | 四字口语一 | 二话不说 |
| 卧床静思 | 四字口语一 | 想不起来 |
| 谢绝参观 | 四字口语一 | 不同意见 |
| 摩拳擦掌 | 四字口语一 | 两手准备 |
| 缴枪不杀 | 四字口语一 | 在此一举 |
| 子夜蛙鸣 | 四字口语一 | 鼓噪一时 |
| 张冠李戴 | 四字口语一 | 乱扣帽子 |
| 白云无尽时 | 四字口语一 | 说来话长 |
| 知足者常乐 | 四字口语一 | 满有兴趣 |
| 桃李满天下 | 四字口语一 | 全面落实 |
| 养在深闺人未识 | 四字口语一 | 真不露脸 |
| 但使龙城飞将在 | 四字口语一 | 不许胡来 |
| 乡音无改鬓毛衰 | 四字口语一 | 发生变化 |
| 少小离家老大回 | 四字口语一 | 早出晚归 |

| | | |
|---|---|---|
| 孤灯挑尽未成眠 | 四字口语一 | 有点困难 |
| 窗口杨柳悬春色 | 四字口语一 | 格外垂青 |
| 散装 | 五字口语一 | 别来这一套 |
| 罕见 | 五字口语一 | 顾不得许多 |
| 假货 | 五字口语一 | 真不是东西 |
| 对白 | 五字口语一 | 一报还一报 |
| 童装 | 五字口语一 | 少来这一套 |
| 购烟 | 五字口语一 | 花钱买气受 |
| 统一价格 | 五字口语一 | 无贵贱之分 |
| 生旦丑末 | 五字口语一 | 眼不见为净 |
| 足不出户 | 五字口语一 | 以内行自居 |
| 满堂喝彩 | 五字口语一 | 净说好听的 |
| 一身两役 | 五字口语一 | 对事不对人 |
| 藏头露尾 | 五字口语一 | 瞒上不瞒下 |
| 一骑红尘妃子笑 | 五字口语一 | 听得真开心 |
| 挟天子以令诸侯 | 五字口语一 | 掌握主动权 |
| 汉皇重色思倾国 | 五字口语一 | 主意想得美 |
| 盲目乐观 | 六字口语一 | 眼不见心不烦 |
| 白雪纷飞 | 六字口语一 | 说得天花乱坠 |

| | | |
|---|---|---|
| 早穿皮袄晚穿纱 | 六字口语一 | 明一套暗一套 |
| 乔迁 | 七字口语一 | 有所得必有所失 |
| 田径 | 三字俗语一 | 留后路 |
| 临别赠言 | 三字俗语一 | 外行话 |
| 有错必纠 | 三字俗语一 | 过得去 |
| 终无所取 | 三字俗语一 | 了不得 |
| 举棋不定 | 三字俗语一 | 没着落 |
| 画蛇添足 | 三字俗语一 | 糊涂虫 |
| 擀面杖吹火 | 三字俗语一 | 气不过 |
| 宁 | 三字俗语二 | 打下手、扣帽子 |
| 元 | 四字俗语一 | 有两下子 |
| 星星 | 四字俗语一 | 天生一对 |
| 电扇做广告 | 四字俗语一 | 说风凉话 |
| 十扣柴扉九不开 | 四字俗语一 | 老关系户 |
| 南北对局 | 四字俗语二 | 不是东西、有两下子 |
| 乙 | 五字俗语一 | 有点飘飘然 |
| 中肯 | 五字俗语一 | 高低不答应 |
| 桑拿浴 | 五字俗语一 | 花钱买气受 |
| 螳螂捕蝉 | 五字俗语一 | 顾前不顾后 |

| | | |
|---|---|---|
| 小鬼推磨 | 五字俗语一 | 没命地干活 |
| 独酌 | 六字俗语一 | 与别人不相干 |
| 踏雪 | 六字俗语一 | 一步一个脚印 |
| 狼烟四起 | 六字俗语一 | 火不打一处来 |
| 大风警报 | 六字俗语一 | 有告吹的危险 |
| 终身当会计 | 六字俗语一 | 过一天算一天 |
| 杂 | 七字俗语一 | 猜个八九不离十 |
| 畦 | 八字俗语一 | 天生一对地造一双 |

**（四）人名谜**

| | | |
|---|---|---|
| 劳动竞赛 | 上古人名一 | 比干 |
| 秋娘 | 上古人名一 | 夏后氏 |
| 劝君更进一杯酒 | 春秋人名二 | 干将、要离 |
| 山东老农 | 春秋人名一 | 鲁庄公 |
| 村落 | 战国人名一 | 庄子 |
| 佳妮腾越 | 战国人名一 | 吴起 |
| 冤情由来 | 战国人名一 | 屈原 |
| 淮阴侯自封三齐王 | 战国人名一 | 信陵君 |
| 汉朝天下 | 西汉人名一 | 刘邦 |
| 昌黎尺牍 | 西汉人名一 | 韩信 |

| | | |
|---|---|---|
| 妙手回春 | 西汉人名一 | 霍去病 |
| 游牧民族 | 西汉人名一 | 司马迁 |
| 遥望南岳 | 东汉人名一 | 张衡 |
| 定期上工 | 东汉人名一 | 班固 |
| 保护绿化环境 | 汉、晋人名各一 | 卫青、周处 |
| 珲 | 晋代书法家一 | 王右军 |
| 一封公函 | 隋唐人名一 | 单雄信 |
| 要言不烦 | 唐代人名一 | 白行简 |
| 老子曰 | 唐代人名一 | 李白 |
| 禁止放羊 | 唐代人名一 | 杜牧 |
| 唐代灯谜 | 唐代人名一 | 李商隐 |
| 调房交换会 | 唐代人名一 | 白居易 |
| 相机行事 | 唐代人名二 | 顾况、方干 |
| 教育学 | 宋代人名一 | 陈师道 |
| 闪烁其词 | 宋代人名一 | 陈亮 |
| 执节牧羊志不移 | 宋代人名一 | 苏汉臣 |
| 说与旁人浑不解 | 宋代人名一 | 陈自明 |
| 跑旱船 | 宋代人名一 | 陆游 |
| 愚公移山 | 宋代人名一 | 岳飞 |

| | | |
|---|---|---|
| 商人如云 | 宋代人名一 | 贾似道 |
| 良药苦口利于病 | 宋代人名一 | 辛弃疾 |
| 长城处处柳成荫 | 宋代人名一 | 杨万里 |
| 挟泰山以超北海 | 宋代人名一 | 岳飞 |
| 千里走单骑 | 元代人名一 | 马致远 |
| 小心火烛 | 元代人名一 | 忽必烈 |
| 少帅被禁 | 元代人名一 | 关汉卿 |
| 口语 | 明代人名一 | 袁中道 |
| 目不斜视 | 明代人名一 | 张居正 |
| 百里之封 | 明代人名一 | 侯方域 |
| 唐三彩 | 明代人名一 | 李时珍 |
| 东方欲晓 | 明代人名一 | 徐光启 |
| 古为今用 | 明代人名一 | 史可法 |
| 三宝太监下西洋，载誉回国英名扬 | | |
| 明代人名二 | | 郑成功、归有光 |
| 身体是革命的本钱 | 清代人名一 | 康有为 |
| 管见 | 清代人名一 | 张之洞 |
| 太白全集 | 清代人名一 | 李鸿章 |
| 土 | 《红楼梦》人名一 | 王一贴 |

| | | |
|---|---|---|
| 皇后 | 《红楼梦》人名一 | 王夫人 |
| 神童 | 《红楼梦》人名一 | 智能儿 |
| 白话 | 《红楼梦》人名一 | 素云 |
| 美谈 | 《红楼梦》人名一 | 陈也俊 |
| 对对子 | 《红楼梦》人名一 | 四儿 |
| 满堂娇 | 《红楼梦》人名一 | 多姑娘 |
| 碧玉簪 | 《红楼梦》人名一 | 宝钗 |
| 和氏璧 | 《红楼梦)人名一 | 宝玉 |
| 任人唯贤 | 《红楼梦》人名一 | 单聘仁 |
| 两极分化 | 《红楼梦》人名一 | 阴阳生 |
| 正月初一 | 《红楼梦》人名一 | 元春 |
| 通货膨胀 | 《红楼梦》人名一 | 钱升 |
| 落英拂面 | 《红楼梦》人名一 | 花袭人 |
| 踏雪访梅 | 《红楼梦》人名一 | 探春 |
| 营业员标兵 | 《红楼梦》人名一 | 贾范 |
| 寂寞开无主 | 《红楼梦)人名一 | 花自芳 |
| 六王毕，四海一 | 《红楼梦》人名一 | 秦邦业 |
| 一朝选在君王侧 | 《红楼梦》人名一 | 杨侍郎 |
| 草色遥看近却无 | 《红楼梦》人名一 | 碧痕 |

| | | |
|---|---|---|
| 莫让年华付水流 | 《红楼梦》人名一 | 惜春 |
| 共君今夜不须睡 | 《红楼梦》人名一 | 贾惜春 |
| 女孩男孩一个样 | 《红楼梦》人名一 | 平儿 |
| 集思广益 | 《红楼梦》人名二 | 赖大家的、智能 |
| 岁朝图 | 《红楼梦）人名二 | 元春、入画 |
| 人人欢笑贺新年 | 《红楼梦》人名二 | 同喜、迎春 |
| 七子八婿笏满床 | 《红楼梦》人名二 | 多官儿、多姑娘 |
| 眉头一皱，计上心来 | 《红楼梦》人名二 | 霍启、智能 |
| 一荣俱荣，一损俱损 | 《红楼梦》人名三 | 同贵、坠儿、金儿 |
| 正色 | 《三国演义》人名一 | 严颜 |
| 太傅 | 《三国演义》人名一 | 王子师 |
| 儿媳 | 《三国演义》人名一 | 孙夫人 |
| 邯郸 | 《三国演义》人名一 | 赵云 |
| 千里驹 | 《三国演义》人名一 | 马良 |
| 一年之计 | 《三国演义》人名一 | 单于春 |
| 击鼓骂曹 | 《三国演义》人名一 | 凌操 |
| 有劳有逸 | 《三国演义》人名一 | 干休 |
| 雨露滋润 | 《三国演义》人名一 | 苗泽 |

| | | |
|---|---|---|
| 马陵设伏 | 《三国演义》人名一 | 孙策 |
| 蓓蕾初绽 | 《三国演义》人名一 | 张苞 |
| 逐渐繁荣 | 《三国演义》人名一 | 徐盛 |
| 再三谦让 | 《三国演义》人名一 | 陆逊 |
| 玄德上书 | 《三国演义）人名一 | 刘表 |
| 闭门复习 | 《三国演义》人名一 | 关羽 |
| 御驾亲征 | 《三国演义》人名一 | 王戎 |
| 浅斟细酌 | 《三国演义》人名一 | 徐干 |
| 献帝让位 | 《三国演义》人名一 | 刘禅 |
| 三世留芳 | 《三国演义》人名一 | 孙尚香 |
| 的卢跃檀溪 | 《三国演义》人名一 | 马腾 |
| 零落成泥碾作尘 | 《三国演义》人名一 | 糜芳 |
| 陨大星汉丞相归天 | 《三国演义》人名一 | 诸葛公休 |
| 豹头环眼，燕颔虎须 | 《三国演义》人名一 | 张象 |
| 汉 | 《三国演义》人名二 | 刘建、王业 |
| 瑟 | 《三国演义》人名二 | 王连、王必 |
| 面红耳赤 | 《三国演义》人名二 | 庞统、朱然 |
| 千人一面 | 《三国演义》人名二 | 庞统、雷同 |
| 佳谜欣赏 | 《三国演义》人名二 | 张范、文虎 |

| | | |
|---|---|---|
| 全面开花 | 《三国演义》人名二 | 庞统、张苞 |
| 凌寒独自开 | 《三国演义》人名二 | 张苞、冷苞 |
| 一曲明君听 | 《三国演义》人名二 | 乐进、陈宫 |
| 制谜已入门 | 《三国演义》人名二 | 文虎、法正 |
| 靖康耻，犹未雪 | 《三国演义》人名二 | 王双、于禁 |
| 不要千篇一律 | 《三国演义》人名二 | 杜袭、陈式 |
| 刘项原来不读书 | 《三国演义》人名二 | 王双、文丑 |
| 兴汉灭楚大元帅 | 《三国演义》人名二 | 刘封、韩当 |
| 三千宠爱在一身 | 《三国演义》人名二 | 李乐、杨仪 |
| 回眸一笑百媚生 | 《三国演义》人名二 | 杨仪、方悦 |
| 五岭逶迤腾细浪 | 《三国演义》人名二 | 高览、山涛 |
| 背负青天朝下看 | 《三国演义》人名二 | 高翔、高览 |
| 喜看稻菽千重浪 | 《三国演义》人名二 | 张辽、田丰 |
| 坚定信心，高歌猛进 | 《三国演义》人名二 | 巩志、乐进 |
| 祖国昌盛，前途光明 | 《三国演义》人名二 | 华雄、向朗 |
| 政策对了头，农业大丰收 | 《三国演义》人名二 | 法正、田丰 |
| 报捷 | 《水浒传》人名一 | 白胜 |
| 八音齐奏 | 《水浒传》人名一 | 乐和 |
| 一言难尽 | 《水浒传》人名一 | 安道全 |

| | | |
|---|---|---|
| 商业繁荣 | 《水浒传》人名一 | 汤隆 |
| 曹丕篡汉 | 《水浒传）人名一 | 魏定国 |
| 粗中有细 | 《水浒传》人名一 | 鲁智深 |
| 一生离乱 | 《水浒传》人名一 | 牛二 |
| 大笔如椽 | 《水浒传》人名一 | 梁中书 |
| 寒来暑往 | 《水浒传》人名一 | 时迁 |
| 古往今来 | 《水浒传》人名一 | 史进 |
| 召之即来 | 《水浒传》人名一 | 闻达 |
| 老大无恙 | 《水浒传》人名一 | 孟康 |
| 十字街头 | 《水浒传》人名一 | 周通 |
| 小姑贤 | 《水浒传》人名二 | 顾大嫂、乐和 |
| 古董行家 | 《水浒传》人名二 | 解珍、解宝 |
| 洞若观火 | 《水浒传》人名二 | 孔明、孔亮 |
| 有口皆碑 | 《水浒传》人名二 | 周通、宣赞 |
| 园林美景 | 《水浒传》人名二 | 花荣、石秀 |
| 往事越千年 | 《水浒传》人名二 | 史进、时迁 |
| 飞入寻常百姓家 | 《水浒传》人名二 | 燕顺、时迁 |
| 古今轶事说不完 | 《水浒传》人名三 | 时迁、史进、安道全 |
| 非子龙不可行也 | 《水浒传》人名三 | 孔明、宣赞、赵能 |

| | | |
|---|---|---|
| 弹 | 《水浒传》诨名一 | 没羽箭 |
| 桅灯 | 《水浒传》诨名一 | 船火儿 |
| 微型电扇 | 《水浒传》诨名一 | 小旋风 |
| 畅通无阻 | 《水浒传》诨名二 | 行者、没遮拦 |
| 春色满园关不住 | 《水浒传》诨名二 | 一枝花、没遮拦 |
| 羞见江东父老 | 《水浒传》诨名三 | 小霸王、没面目、没遮拦 |
| 操曰：生子当如孙仲谋 | 《水浒传》人名二诨名一 | 曹正、宣赞、紫髯伯 |
| 孟起虽勇，当与翼德争胜，未若君之绝伦也 | 《水浒传》诨名一 人名四 | 美髯公、索超、孔明、宣赞、关胜 |
| 十 | 现代作家一 | 田间 |
| 侬 | 现代作家一 | 田汉 |
| 夏 | 现代作家一 | 古华 |
| 蕾 | 现代作家一 | 苗得雨 |
| 故乡 | 现代作家一 | 老舍 |
| 循环 | 现代作家一 | 周而复 |
| 缓慢 | 现代作家一 | 徐迟 |

| | | |
|---|---|---|
| 闰六月 | 现代作家一 | 夏衍 |
| 顺风耳 | 现代作家一 | 闻捷 |
| 异香扑鼻 | 现代作家一 | 何其芳 |
| 朕意已决 | 现代作家一 | 王愿坚 |
| 大地回春 | 现代作家一 | 柳青 |
| 十分真心 | 现代作家一 | 三毛 |
| 四海翻腾 | 现代作家一 | 周立波 |
| 长空雁叫霜晨月 | 现代作家一 | 高晓声 |
| 羌笛四起 | 现代作家名二 | 胡风、周扬 |
| 歌声传四方 | 现代作家名二 | 曲波、周扬 |
| 纵横阡陌连天涯 | 现代作家名二 | 田间、路遥 |
| 万绿丛中一点红 | 现代作家名二 | 碧野、朱自清 |
| 老通宝 | 现代画家名一 | 古元 |
| 论鲁迅 | 现代画家名一 | 陈树人 |
| 轩辕子孙 | 现代画家名一 | 黄胄 |
| 宏观世界 | 现代画家名一 | 张大千 |
| 孤雁哀鸣断续声 | 现代画家名一 | 徐悲鸿 |
| 人间四月芳菲尽 | 现代画家名一 | 谢之光 |
| 东坡游春 | 数学家名一 | 苏步青 |

| | | |
|---|---|---|
| 博览群书 | 数学家名一 | 张广厚 |
| 回眸一笑百媚生 | 数学家名一 | 杨乐 |
| 四丑 | 电影演员名一 | 牛犇 |
| 贞观盛世 | 电影演员名一 | 唐国强 |
| 卧薪尝胆 | 电影演员名一 | 王心刚 |
| 三日不绝 | 电影演员名一 | 梁音 |
| 甘拜下风 | 电影演员名一 | 陈佩斯 |
| 悟空来也 | 电影演员名一 | 孙道临 |
| 眼前有景道不得 | 电影演员名一 | 李默然 |
| 致富必须走正道 | 电影演员名一 | 陈裕德 |
| 报平安 | 电影演员名二 | 陈述、康泰 |
| 珲 | 足球教练员名一 | 王后军 |
| 工人一对红 | 运动员名一 | 巫丹 |
| 大河奔流 | 运动员名一 | 黄向东 |
| 晓看红湿处，花重锦官城 | 运动员名一 | 张蓉芳 |
| 海阔凭鱼跃，天高任鸟飞 | 运动员名一 | 容志行 |
| 猪呀羊呀送到哪里去 | 运动员名一 | 谢军 |

**（五）地名谜**

| | | |
|---|---|---|
| 彩排 | 国名一 | 以色列 |

| | | |
|---|---|---|
| 次男 | 国名一 | 亚丁 |
| 调查组 | 国名一 | 日本 |
| 东方欲晓 | 国名一 | 约旦 |
| 十兄一妹 | 国名一 | 多哥 |
| 兼收并蓄 | 国名一 | 加纳 |
| 装聋作哑 | 国名一 | 塞舌耳 |
| 昔称蜀郡 | 国名一 | 古巴 |
| 知识就是力量 | 国名一 | 科威特 |
| 又坚强，又结实 | 国名一 | 刚果 |
| 速度就是效益 | 国名一 | 比利时 |
| 口角几回无觅处 | 国名一 | 毛里求斯 |
| 赤橙黄绿青蓝紫 | 国名一 | 以色列 |
| 欧阳海舍身救列车 | 国名一 | 危地马拉 |
| 穿堂风 | 国名二 | 南也门、北也门 |
| 猜谜不靠侥幸 | 国名二 | 中非、乍得 |
| 他们人未来，怎把心儿放 | 国名二 | 也门、乍得 |
| 誓夺冠军 | 外国首都名一 | 索非亚 |
| 举头望明月 | 外国首都名一 | 仰光 |
| 美丽的戈壁滩 | 外国首都名一 | 华沙 |

| | | |
|---|---|---|
| 长夜漫漫何时旦 | 外国首都名一 | 巴黎 |
| 吕奉先辕门射戟 | 外国首都名一 | 布拉格 |
| 固 | 省或自治区名一 | 内蒙古 |
| 水 | 省或自治区名一 | 江西 |
| 刚定国界 | 省或自治区名一 | 新疆 |
| 东南北 | 省或自治区名一 | 西藏 |
| 金 | 我国城市名一 | 锦西 |
| 口 | 我国城市名一 | 台南 |
| 雨 | 我国城市名一 | 天水 |
| 辕门 | 我国城市名一 | 营口 |
| 烽火哨 | 我国城市名一 | 烟台 |
| 珍珠港 | 我国城市名一 | 蚌埠 |
| 叶的变化 | 我国城市名一 | 古田 |
| 金银铜铁 | 我国城市名一 | 无锡 |
| 恪守信誉 | 我国城市名一 | 遵义 |
| 夸夸其谈 | 我国城市名一 | 海口 |
| 相差无几 | 我国城市名一 | 大同 |
| 双喜临门 | 我国城市名一 | 重庆 |
| 风平浪静 | 我国城市名一 | 宁波 |

| | | |
|---|---|---|
| 银河渡口 | 我国城市名一 | 天津 |
| 一路平安 | 我国城市名一 | 旅顺 |
| 背景分明 | 我国城市名一 | 北京 |
| 大家都笑你 | 我国城市名一 | 齐齐哈尔 |
| 一月二日参加竞赛 | 我国城市名一 | 昆明 |
| 成双会竹影，直到明月下 | 我国城市名一 | 个旧 |

**（六）专业词语谜**

| | | |
|---|---|---|
| 八 | 数学名词一 | 积化和差 |
| 手算 | 数学名词一 | 指数 |
| 查账 | 数学名词一 | 对数 |
| 多十分 | 数学名词一 | 余角 |
| 贸易法 | 数学名词一 | 交换律 |
| 欲言又止 | 数学名词一 | 控制论 |
| 同室操戈 | 数学名词一 | 内角 |
| 货真价实 | 数学名词一 | 绝对值 |
| 千姿百态 | 数学名词一 | 多面体 |
| 严阵以待 | 数学名词一 | 等角 |
| 二牛相斗 | 数学名词一 | 对顶角 |
| 追本溯源 | 数学名词一 | 求根 |

| | | |
|---|---|---|
| 鸳鸯拆散 | 数学名词一 | 公分母 |
| 婆说婆有理 | 数学名词一 | 公差 |
| 联合国宪章 | 数学名词一 | 最大公约 |
| 安定才能团结 | 数学名词一 | 平方和 |
| 有情人终成眷属 | 数学名词一 | 同心圆 |
| 安能辨我是雌雄 | 数学名词一 | 不可分性 |
| 择其善者而从之 | 数学名词一 | 优选法 |
| 不管三七二十一 | 数学名词一 | 无理数 |
| 天南地北到处游 | 数学名词一 | 不定方程 |
| 犇 | 数学名词二 | 解析几何、三角 |
| 八 | 数学名词二 | 公差、相似角 |
| 回头 | 数学名词二 | 移项、旋转面 |
| 赛马 | 数学名词二 | 比、乘 |
| 空头合同 | 数学名词二 | 约等于、零 |
| 停战谈判 | 数学名词二 | 商、和 |
| 破涕为笑 | 数学名词二 | 除号、展开面 |
| 按号入座 | 数学名词二 | 对数、进位 |
| 每逢佳节倍思亲 | 数学名词二 | 圆心、正切 |
| 丞 | 数学名词三 | 大于、小于、分子 |

| | | |
|---|---|---|
| 基础不好 | 数学名词三 | 根、底、差 |
| 了 | 物理名词一 | 负离子 |
| 土 | 物理名词一 | 均匀流 |
| 隐 | 物理名词一 | 焦耳 |
| 规划 | 物理名词一 | 圆周运动 |
| 复赛 | 物理名词一 | 比重 |
| 拒婚 | 物理名词一 | 阻抗匹配 |
| 喋喋不休 | 物理名词一 | 频道 |
| 惊涛拍岸 | 物理名词一 | 冲击波 |
| 人云亦云 | 物理名词一 | 声传递 |
| 光阴似箭 | 物理名词一 | 时速 |
| 并驾齐驱 | 物理名词一 | 同步马达 |
| 学而时习之 | 物理名词一 | 常温 |
| 横看成岭侧成峰 | 物理名词一 | 相位不同 |
| 海上明月共潮生 | 物理名词一 | 光波 |
| 心有灵犀一点通 | 物理名词一 | 互感 |
| 不得越雷池一步 | 物理名词一 | 行程控制 |
| 冷 | 化学名词一 | 反应热 |
| 冰 | 化学名词一 | 结晶水 |

| | | |
|---|---|---|
| 古 | 化学名词一 | 克分子 |
| 天 | 化学名词一 | 人工合成 |
| 望梅止渴 | 化学名词一 | 酸性反应 |
| 好逸恶劳 | 化学名词一 | 惰性 |
| 吾日三省吾身 | 化学名词一 | 晶体 |
| 源 | 化学名词二 | 脱水、还原 |
| 交白卷 | 化学名词二 | 还原、试纸 |
| 气吞山河 | 化学名词二 | 氙、氚 |
| 聚焦 | 生物学名词一 | 光合作用 |
| 九十八 | 生物学名词一 | 杂交 |
| 独眼龙 | 生物学名词一 | 单孔目 |
| 老产品 | 生物学名词一 | 古生物 |
| 略有节余 | 生物学名词一 | 不完全花 |
| 喜怒无常 | 生物学名词一 | 变态 |
| 注明卷帘格 | 生物学名词一 | 条件反射 |
| 乡音无改鬓毛衰 | 生物学名词一 | 不安全变态 |
| 挥金如土两手空 | 生物学名词一 | 完全花 |
| 避暑 | 医学名词一 | 潜伏期 |
| 快餐 | 医学名词一 | 食物过敏 |

| | | |
|---|---|---|
| 期期艾艾 | 医学名词一 | 白内障 |
| 少年及第 | 医学名词一 | 小儿科 |
| 举世无双 | 医学名词一 | 国际单位 |
| 化整为零 | 医学名词一 | 散光 |
| 烽火连天 | 医学名词一 | 高烧 |
| 孟母何三迁 | 医学名词一 | 转移因子 |
| 猜谜规则说明 | 医学名词一 | 注射法 |
| 诸葛亮舌战群儒 | 医学名词一 | 口服一片 |
| 远上寒山石径斜 | 医学名词一 | 高斯曲线 |
| 聪明反被聪明误 | 医学名词一 | 过敏 |
| 欲说当年好困惑 | 医学名词一 | 先天失明 |
| 执行 | 体育名词一 | 垫上运动 |
| 座次 | 体育名词一 | 二号位 |
| 丹青 | 体育名词一 | 红先黑后 |
| 元首 | 体育名词一 | 并列第一 |
| 阡陌 | 体育名词一 | 田径 |
| 持久战 | 体育名词一 | 打延长期 |
| 送君千里 | 体育名词一 | 最后得分 |
| 招之即来 | 体育名词一 | 一传到位 |

| | | |
|---|---|---|
| 举手之劳 | 体育名词一 | 上肢运动 |
| 待字闺中 | 体育名词一 | 等着过门 |
| 坐怀不乱 | 体育名词一 | 对抗性强 |
| 天有不测风云 | 体育名词一 | 高难度 |
| 实 | 体育名词二 | 头顶、盖帽 |
| 迎刃而解 | 体育名词二 | 中锋、得分 |
| 关公战秦琼 | 体育名词二 | 双打、时间差 |
| 昱 | 音乐名词一 | 音调 |
| 结束语 | 音乐名词一 | 尾声 |
| 花言巧语 | 音乐名词一 | 装饰音 |
| 大海扬波作和声 | 音乐名词一 | 浪漫曲 |
| 却看妻子愁何在 | 音乐名词一 | 室内乐 |
| 小弦窃窃如私语 | 音乐名词一 | 轻音乐 |
| 肖像 | 美术名词一 | 指头画 |
| 横竖横 | 美术名词一 | 工笔画 |
| 北国风光 | 美术名词一 | 冷色 |
| 走读 | 学科名一 | 行为学 |
| 旷课 | 学科名一 | 未来学 |
| 默读 | 学科名一 | 心理学 |

| | | |
|---|---|---|
| 总而言之 | 学科名一 | 系统论 |
| 不求甚解 | 学科名一 | 表面化学 |
| 千里求师 | 学科名一 | 行为学 |
| 孟母断机 | 学科名一 | 质子力学 |
| 攻书莫畏难 | 学科名一 | 应用力学 |
| 抽暇勤读书 | 学科名一 | 空间力学 |
| 满口之乎者也 | 学科名一 | 语文 |
| 工人出身苦读书 | 学科名一 | 天体力学 |
| 好读书，不求甚解 | 学科名一 | 模糊学 |
| 较 | 交通名词一 | 会车 |
| 会 | 交通名词一 | 人行便道 |
| 天问 | 交通名词一 | 空中索道 |
| 本位 | 交通名词一 | 立体交叉 |
| 大路 | 交通名词一 | 人行横道 |
| 急行军 | 交通名词一 | 运营速度 |
| 有口皆碑 | 交通名词一 | 公共通道 |
| 让人发言 | 交通名词一 | 不抢道 |
| 归去来辞 | 交通名词一 | 人行道 |
| 欲速则不达 | 交通名词一 | 慢行 |

| | | |
|---|---|---|
| 会当凌绝顶 | 交通名词一 | 高峰站 |
| 有“礼”走遍天下 | 交通名词一 | 东西通行 |
| 不重生男重生女 | 交通名词一 | 偏心瓦 |
| 将身来在大街前 | 交通名词一 | 立体马路 |
| 司 | 法律名词一 | 直接合同 |
| 桑林 | 法律名词一 | 三权分立 |
| 东施效颦 | 法律名词一 | 法人 |
| 欲擒故纵 | 法律名词一 | 假释 |
| 聚众闹事 | 法律名词一 | 合同纠纷 |
| 魏蜀相争 | 法律名词一 | 专利权 |
| 中心发言 | 法律名词一 | 旁听 |
| 全凭爹爹做主 | 法律名词一 | 从严处理 |
| 英台誓不嫁文才 | 法律名词一 | 抗拒从严 |
| 当官要为民做主 | 法律名词一 | 权利人 |
| 头悬梁 | 法律名词二 | 自首、勒索 |
| 人懒地荒 | 法律名词二 | 不动产、没产 |
| 法医报告 | 法律名词二 | 证人、死因 |
| 银行 | 金融名词一 | 流动资金 |
| 紧箍咒 | 金融名词一 | 限额 |

| | | |
|---|---|---|
| 去其糟粕 | 金融名词一 | 净收入 |
| 绝无仅有 | 金融名词一 | 存单 |
| 投桃报李 | 金融名词一 | 实物往来 |
| 劳逸结合 | 金融名词一 | 活期有息 |
| 鳏寡孤独 | 金融名词一 | 四联单 |
| 凭君传语报平安 | 金融名词一 | 信托 |
| 白云深处有人家 | 金融名词一 | 储户至上 |
| 窗含西岭千秋雪 | 金融名词一 | 冻结户 |
| 阐 | 金融名词二 | 开户、存单 |
| 阅 | 金融名词二 | 开户、兑现 |
| 镖 | 金融名词二 | 支票、现金 |
| 千条江河归大海 | 金融名词二 | 流水、汇总 |
| 蜂蝶纷纷过墙去 | 金融名词二 | 串户、贴花 |
| 一帆风顺 | 保险名词一 | 船舶保险 |
| 救死扶伤 | 保险名词一 | 保险人 |
| 玉体安康 | 保险名词一 | 国内人身保险 |
| 生命在于运动 | 保险名词一 | 静态危险 |
| 舍得钱财消得灾 | 保险名词一 | 投资保险 |

## （七）诗词书文谜

| | | |
|---|---|---|
| 圄 | 五言唐诗句一 | 我独不得出 |
| 绑 | 五言唐诗句一 | 绿树村边合 |
| 淼 | 五言唐诗句一 | 前水复后水 |
| 丸药 | 五言唐诗句一 | 粒粒皆辛苦 |
| 炎季 | 五言唐诗句一 | 烽火连三月 |
| 仙逝 | 五言唐诗句一 | 空山不见人 |
| 难言之隐 | 五言唐诗句一 | 此情不可道 |
| 前途无量 | 五言唐诗句一 | 路远不可测 |
| 往来无白丁 | 五言唐诗句一 | 同是宦游人 |
| 丢脸 | 七言唐诗句一 | 人面不知何处去 |
| 汩 | 七言唐诗句一 | 东边日出西边雨 |
| 雾都 | 七言唐诗句一 | 多少楼台烟雨中 |
| 一见如故 | 七言唐诗句一 | 相逢何必曾相识 |
| 雾失楼台，月迷津渡 | 七言唐诗句一 | 两处茫茫皆不见 |
| 做 | 宋词句一 | 故抛人别处 |
| 悲 | 宋词句一 | 心虽了是非 |
| 仃 | 宋词句一 | 那人却在灯火阑珊处 |
| 日 | 词牌名一 | 明月行 |

| | | |
|---|---|---|
| 全 | 词牌名一 | 滴滴金 |
| 闻捷 | 词牌名一 | 声声好消息 |
| 业余兴趣 | 词牌名一 | 闲中好 |
| 锦上添花 | 词牌名一 | 绮罗香 |
| 火烧赤壁 | 词牌名一 | 满江红 |
| 力挽狂澜 | 词牌名一 | 定风波 |
| 烽火戏诸侯 | 词牌名一 | 调笑令 |
| 犹有花枝俏 | 词牌名一 | 雪里梅 |
| 归来泪满襟 | 词牌名一 | 泣颜回 |
| 既来之则安之 | 词牌名一 | 莫思归 |
| 朝如青丝暮成雪 | 词牌名一 | 忽都白 |
| 求凰一曲动文君 | 词牌名一 | 琴调相思引 |
| 一骑红尘妃子笑 | 词牌名一 | 荔枝香近 |
| 令 | 《西厢记》句一 | 侧着耳朵儿听 |
| 餍 | 《西厢记》句一 | 不思量茶饭 |
| 怀才 | 《西厢记》句一 | 那心儿里埋没着聪明 |
| 坑儒 | 《西厢记》句一 | 闷杀读书人 |
| 京白 | 《西厢记》句一 | 心无惊怕 |
| 不见熟人不开口 | 《西厢记》句一 | 张生无一言 |
| 黎明即起，洒扫庭除 | 《西厢记》句一 | 收拾得早 |

| | | |
|---|---|---|
| 魄 | 《聊斋志异》篇名一 | 妖道 |
| 件 | 《聊斋志异》篇名一 | 牛同人 |
| 汉室 | 《聊斋志异》篇名一 | 刘夫人 |
| 水产 | 《聊斋志异》篇名一 | 河间生 |
| 夏后氏 | 《聊斋志异》篇名一 | 商妇 |
| 在地愿为连理枝 | 《聊斋志异）篇名一 | 土偶 |
| 大嫁孙策，小嫁周郎 | 《聊斋志异》篇名一 | 乔女 |
| 种瓜得瓜，种豆得豆 | 《聊斋志异》篇名一 | 果报 |
| 一 | 《聊斋志异》篇名二 | 土偶、王成 |
| 山 | 《聊斋志异》篇名二 | 晋人、成仙 |
| 成 | 《聊斋志异》篇名二 | 土偶、连城 |
| 鸿 | 《聊斋志异》篇名二 | 鸟使、于江 |
| 牲 | 《聊斋志异》篇名二 | 牛飞、顾生 |
| 天衣无缝 | 《聊斋志异》篇名二 | 神女、织成 |
| 不才明主弃 | 《聊斋志异》篇名二 | 王者、任秀 |
| 少年老成 | 《聊斋志异》篇名三 | 小人、象、大人 |
| 赵云救主 | 《聊斋志异》篇名三 | 保住、刘姓、王子安 |
| 落日余晖 | 《聊斋志异》篇名三 | 晚霞、象、胭脂 |

**(八) 医药谜**

| | | |
|---|---|---|
| 珩 | 中药名一 | 王不留行 |
| 禅 | 中药名一 | 使君子 |
| 明 | 中药名一 | 阴阳合 |
| 车 | 中药名一 | 莲心 |
| 牧童 | 中药名一 | 牵牛子 |
| 外孙 | 中药名一 | 千金子 |
| 乐观 | 中药名一 | 一见喜 |
| 故乡 | 中药名一 | 熟地 |
| 涨潮 | 中药名一 | 胖大海 |
| 春夏秋 | 中药名一 | 隐冬 |
| 裘革展览 | 中药名一 | 陈皮 |
| 天女散花 | 中药名一 | 降香 |
| 投鞭于江 | 中药名一 | 川断 |
| 落英缤纷 | 中药名一 | 旋复花 |
| 风平浪静 | 中药名一 | 水安息 |
| 低头思故乡 | 中药名一 | 怀熟地 |
| 静静的顿河 | 中药名一 | 水安息 |
| 不生第二胎 | 中药名一 | 杜仲 |

| | | |
|---|---|---|
| 零落成泥碾作尘 | 中药名一 | 沉香粉 |
| 阁中帝子今何在 | 中药名一 | 王不留行 |
| 衄 | 中药名二 | 牵牛、血余 |
| 谜语 | 中药名二 | 琥珀、王不留 |
| 冰川 | 中药名二 | 寒水石、滑石 |
| 东方 | 中药名二 | 木香、沉香 |
| 女儿乐 | 中药名二 | 千金子、合欢 |
| 乐不思蜀 | 中药名二 | 使君子、忘忧 |
| 苦尽甜来 | 中药名二 | 辛夷、甘遂 |
| 窈窕淑女 | 中药名二 | 使君子、一见喜 |
| 瑞雪兆丰年 | 中药名二 | 白芨、农吉利 |
| 何人不起故园情 | 中药名二 | 熟地、当归 |
| 蛾眉淡扫入宫门 | 中药名二 | 轻粉、朝天子 |
| 轻薄桃花逐水流 | 中药名二 | 香附、泽泻 |
| 桃李满天下 | 中药名三 | 红花、白英、遍地锦 |
| 少小离家老大回 | 中药名三 | 白头翁、当归、生地 |
| 反认他乡是故乡 | 中药名三 | 生地、当归、熟地 |
| 立 | 中成药名一 | 六一散 |
| 十 | 中成药名一 | 三星补汁 |

| | | |
|---|---|---|
| 伏 | 中成药名一 | 人参大补丸 |
| 铂 | 中成药名一 | 黄连素 |
| 神童 | 中成药名一 | 稚儿灵 |
| 茅塞顿开 | 中成药名一 | 脑立清 |
| 莫让年华付水流 | 中成药名一 | 青春宝 |
| 万山红遍 | 中成药名二 | 脉通、一片丹 |
| 丈夫有泪不轻弹 | 中成药名二 | 男宝、珍珠散 |
| 怦 | 西药名一 | 心得平 |
| 病愈 | 西药名一 | 疾得宁 |
| 不痛不痒 | 西药名一 | 肤轻松 |
| 九九归一 | 西药名一 | 百乃定 |
| 不说不知道 | 西药名一 | 白可明 |
| 子女多，负担多 | 西药名一 | 一轻松 |
| 士别三日，刮目相看 | 西药名一 | 非那昔丁 |

**（九）带格谜**

| | | |
|---|---|---|
| 情书（秋千格） | 外国文学名著一 | 简·爱 |
| 统计信件（秋千格） | 数学名词一 | 函数 |
| 成吉思汗（秋千格） | 现代作家名一 | 王蒙 |
| 戒律（卷帘格） | 京剧名一 | 法门寺 |

| | | |
|---|---|---|
| 慎于言（卷帘格） | 成语一 | 滔滔不绝 |
| 操必胜券（卷帘格） | 化学名词一 | 克当量 |
| 细致精巧（徐妃格） | 广东地名一 | 湛江 |
| 一意孤行（徐妃格） | 河北地名一 | 邯郸 |
| 妊娠反应（徐妃格） | 水果名一 | 樱桃 |
| 黄金（求凰格） | 中国画家名一 | 齐白石 |
| 实弹（求凰格） | 京剧名一 | 对花枪 |
| 方针（求凰格） | 数学名词一 | 对角线 |
| 智者不骄（骊珠格） | | 明人于谦 |
| 立字为据（骊珠格） | | 口语不算数 |
| 今夜月明人尽望（骊珠格） | | 首都仰光 |
| 荐（上楼格） | 春秋人名一 | 介之推 |
| 玉田（下楼格） | 美术名词一 | 中国画 |
| 人（上下楼格） | 成语一 | 言而无信 |
| 碧眼儿坐领江东（掉头格） | 国际名词一 | 主权国家 |
| 英台哭山伯（掉尾格） | 外国影片名一 | 生死恋 |
| 暴君（蕉心格） | 法律名词二 | 元凶、首恶 |
| 脸谱（双钩格） | 四字常用语一 | 头面人物 |
| 喜欢兜圈子（白头格） | 成语一 | 饶有兴趣 |

| | | |
|---|---|---|
| 独自售货（梨花格） | 国名一 | 丹麦 |
| 野火烧不尽（蝇头格） | 猜《聊斋志异》篇名一 | 董生 |
| 芙蓉如面柳如眉（燕尾格） | 电影名一 | 花枝俏 |
| 八月秋高风怒号（展翼格） | 三字俗语一 | 卷铺盖 |
| 牵牛织女（遥对格） | 成语一 | 走马观花 |
| 独秀峰（摘遍格） | 科教影片名一 | 鸟岛 |

# 后 记

我自幼生长于淄博山区一庄户人家，那时节，亲邻们常以拉呱、唱曲、猜谜等娱乐形式，消磨掉偌多夏冬之夜。当地人把猜谜称作“破闷儿”，猜中了就说“猜放了”，大约是打破寂寞、释放闷气的意思。这是深受儿童喜爱、非常激动人心的一种活动。“文革”末期，这一带忽然兴起一种“人民制谜人民猜”的风气，记得村里小学、中学的伙伴们个个都能来几手，无非是“一点一横长，左撇到南洋；大狗张着嘴，小狗往里藏”之类，用语虽粗浅，大家却从中体验到参与创造的无限乐趣，以及因互相考问而带来的另一种愉悦之情。可见猜谜一道，对于人类是具有一种天然的吸引力的。

当接手写作本书后，方知这工作虽然有趣，却甚艰难。中国历史上的谜人谜作谜事谜俗，极为丰富繁杂。就以本书灯谜文化而论，其体例之缜密，规则之谨严，法门之众多，事典之谲诡，技巧之圆熟，堪称博大雄奇。本书在对灯谜的源流演变作历史追溯的同时，还注重对其社会作用、功能施受等方面进行横向探索。再结合对其体类格规的本体剖析，试图以此来解读灯谜文化的传承密码与审美机制。本书若能吸引更多人参与到灯谜活动中，甚或引起学界对中国灯谜文化深入研究的兴趣，那便是作者最大的满足与慰藉。

在拙著写作过程中，得到了多方面的指教和帮助，在此一并表示诚挚的谢意。